STARKE PLÄTZE

Orte, die zum Herzen sprechen.

Gesammelt von Werner Pieper

Der Grüne Zweig 110

Für Oona
Zur rechten Zeit
am rechten Ort

STARKE PLÄTZE
Der Grüne Zweig 110

Red.: Werner Pieper
Übersetzungen: Peter Markl (Michell, Nollman, Lash)
Korrekturen: Ranva
Gestaltung: Michel Meyer
Satz: Petra Petzold
Druck: Fuldaer Verlagsanstalt

Hrsg. & Verlag:
Werner Pieper – Medienexperimente
D-6941 Löhrbach

ISBN 3-925817-10-7

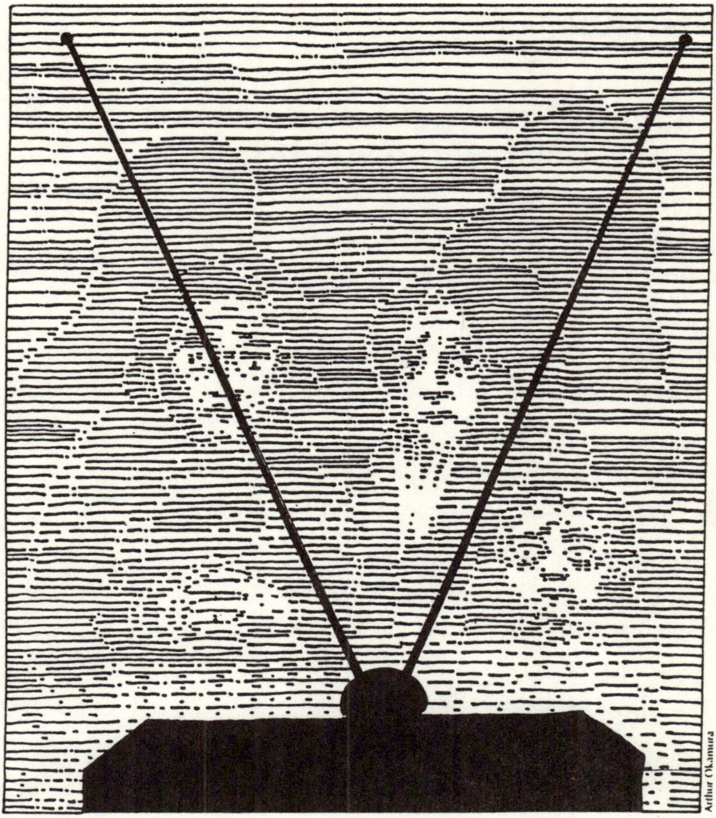

Bilderverzeichnis

1. aus ›Radical Traditionalist Paper Nr. 6 (hier: ein Teilstück des Steins Er Grah) • 2. Arthur Okamura, Raise the Stakes • 3. Richard Adams, aus 1. • 4. Charles Hamilt Smith, aus 1. • 6. siehe 1. • 7. The Face • 9. H. E. K. Runen Medaillen Kunst •10./11. Extern-Archiv • 12. ›Hakenkreuz über Lippe‹, Staatsarchiv Detmold • 13., 21.-25. alle Fotos von Richard the M. • 14. Secret of the Stones • 15./16. Karl Krüll • 17.-19. Fotos von Reinhard Trink, Wien • 26. aus ›Indianer und Wir‹, Grüner Zweig 22 • 27.-29. aus ›Falk 2‹, Helmut Salzinger • 31./32 Fotos Ine Guckert • 33.-36. von Leszek Matela • 37./38. Maria-Gabriele Wosien • 39./40. aus ›Trulli‹ von Willi Roettges, Lukianos Vlg., Bern 1969 •

INHALT

ERD-KUNDE IN THEORIE UND PRAXIS

Vor-Worte

Immer gab es Menschen (& Tiere), die sensibel genug waren, einen ›guten‹ Platz auf dieser Erde von einem ›schlechten‹ zu unterscheiden, wobei ›gut‹ und ›schlecht‹ in diesem Fall die Qualität des Menschen zum jeweiligen Standort ausdrückt. Wo fühlt man sich so wohl, daß man sich plötzlich in Grenzbereichen zwischen Raum & Zeit wiederfindet? Wo ist dein Platz? Wo gelingt es deinem Bio-Computer, dem Gehirn, leichter, Geist und Materie verschmelzen zu lassen? Um solch ›gute‹ oder Starke Plätze geht es in diesem Buch: Orte der Kraft (& Macht) + Heilige Stätten + Kultplätze + erogene Zonen Mutter Erde's + Geomantrische Zentren + wie man auch immer sie benennen mag. Bis auf einen Beitrag handelt es sich bei allen Geschichten um Plätze in Europa. Die Ausnahme findet allemal in einer anderen Raum/Zeit statt.

In unserem orbitalen Zeitalter ist der *Kultplatz des globalen Dorfes wohl inzwischen unbestritten der Fern-Seher. Wenn ein aus Hunderten flimmernden Pünktchen zusammengesetzter Ball die Mattscheibe mit ›Leben‹ erfüllt, ist die Welt gebannt. Schade, daß nicht alle Weltmeister werden. Ein freierer Zugang zu diesem Medium (als Sender, nicht nur als Empfänger) könnte uns allen in der Tat gute Dienste leisten. Internationale Interaktionen elektronisch. Aber in diesem Buch geht es ja nicht um die Strahlungen via Satellit. Es handelt auch nicht von den modernen Stätten, an denen Tanz an der ›Quelle‹, ekstatische Musik und Lichtzauber auf volkstümliche Discoebene mutiert sind. Es geht um durchaus irdische Plätze, über deren Phänomene Wissenschaftler noch lange streiten werden. Lassen wir sie. Natürlich interessiert mich auch mancher wissenschaftliche Fakt zu diesem oder jenem Platz; aber faktenüberladene Plätze sind zahlreich genug. Darum hier über die Suche nach Plät-*

zen, die zum Herzen sprechen.

Vor gut 10 Jahren erschien in diesem Verlag eine – größtenteils aus Raubdrucken bestehende – Broschüre zum Thema ›Geomantie‹ (zwischenzeitlich habe ich bei allen Autoren gebeichtet. Danke!). Seitdem sind auch in deutscher Sprache etliche Publikationen zu diesem Thema erschienen.

Marco Bischof dazu: »Geomantie (wörtlich ›Deutung der Erde‹) befaßt sich mit den subtilen Wechselbeziehungen zwischen dem Menschen und seiner natürlichen Umwelt und ist eine Art umfassende, auch spirituelle und esoterische Gesichtspunkte berücksichtigende Ökologie.

Frühere und außereuropäische Kulturen haben das aus dem intimen Verwobensein der nomadischen Lebensweise mit der Natur stammende Wissen um ›Heilige Orte‹, um den in diesen wohnenden ›Geist der Erde‹ und um die Wege dieser psychisch-physischen Energie in der Landschaft zu einer eigentlichen Wissenschaft entwickelt. Diese umfaßte u.a. die korrekte Platzwahl und deren Einfluß auf alle menschlichen Aktivitäten, und auf Gesundheit und Glück, die Orientierung und die Bedeutung der Formen, Masse und Proportionen von Bauwerken und bezog auch nichtmaterielle Faktoren wie die unsichtbaren Energien ovn Untergrund und Atmosphäre mit ein. Sie betrachtete Erde und Landschaft als einen lebendigen Organismus, der mit dem Menschen genauso in Resonanz steht wie mit dem ebenfalls lebendigen Universum und deren Entsprechung und Wiederspiegelung ist.

Eine Geomantie der heutigen Zeit hat es z.T. mit neuen Faktoren wie den künstlichen elektromagnetischen Feldern und der gewandelten menschlichen Gesellschaft und seinem ›modernen‹ Bewußtsein zu tun und muß sowohl die aus der Erforschung der alten Geomantie entwickelten Erkenntnisse wie auch solche der modernen Wissenschaften einbeziehen; sie ist erst im Entstehen.«

Nun geht es mir nicht darum, das Thema wissenschaftlich aufzubereiten, sondern herauszufinden, was wir, Du und ich, denn mit solchen Plätzen zu tun haben. So schließe ich mich dem Bioregionalisten Thomas Kaiser an, der meinte:

»Es ist wichtig, Plätze zu haben. Plätze, Stellen in der Wildnis. Naturnahe Flecken. Orte, an die man sich wenden kann, die man aufsucht, zur Ruhe zu kommen, zu mehr Klarheit, Ausgeglichenheit & Besinnung. Praktiziertes Alleinsein. Kein spektakulärer Akt. Keine Sensation.

& das Fazit dieses Gesprächs: TUN! Die ganzen Trägheiten überwinden – Teil der großen Seuche. Die Ausflüchte abbauen, die Gelegenheiten zu flüchten, die man sich schafft. Überlebensübungen.«

Es gilt wohl auch, neue Namen zu finden, denn das Wort ›Kultstätte‹ ist nun einmal sehr negativ belastet. »Die Formulierung ›Kultplätze‹ finde ich natürlich wegen der ›Kulte‹ problematisch. Wir haben keine, aber brauchten welche. Manche tun so, als hätten sie einen. Was ich davon mitbekommen habe, finde ich grauenhaft, weil selbstbetrügerisch.« *(Helmut Salzinger).*

In der Tat hinterlassen Begriffe wie ›Kult‹, ›Okkultismus‹ oder auch ›New Age‹ einen meist peinlichen Nachklang. Für diese Begriffe scheint das Hier & Jetzt der falsche Platz zur falschen Zeit zu sein. Simon Vinkenoog, einer der großen Niederländer des ausgehenden 20. Jahrhunderts, sandte uns folgenden Text von John Lash (Sorry, Simon. Deinen Text über Amsterdam als Starken Platz der Psychedelik enthalte ich den Lesern dieses Buches vor):

»EINE ANMERKUNG ÜBER ›OKKULTISMUS‹: Es wäre schon ein seltsamer Zustand, wenn soviel Falschgeld in Umlauf wäre, daß man die Existenz einer echten Währung anzweifeln würde. So sieht es in etwa mit dem Okkultismus in der heutigen Welt aus, weil es so viele trügerische Scheinformen davon gibt, daß man die Existenz der authentischen Sache wohl anzweifeln mag. eine umfassende Ansicht, hervorgegangen aus verschiedenen Studien

– vergleichende Mythologie, Geschichte der Religionen, historisch-kulturelle Analysen –, läßt uns jetzt jedoch erkennen, daß OkKULTismus ursprünglich die Kultur in Gang setzte und ausrichtete. Jahrhundertelang waren die Eingeweihten und praktischen Mystiker die Werkzeuge dieser Arbeit, die aus verschiedenen heiligen Traditionen hervorkamen, generell als die ›Mysterien‹ bekannt. Die Situation scheint heute so zu sein, daß der Künstler den Eingeweihten ersetzt; unabhängig und selbständig die Kultur erzeugend schöpft er eher aus eigener Erfindungskraft als aus der systematischen Ausbildung auf esotherischer Ebene. Was der Künstler jedoch durchmacht, wenn er dem ungeheuren Drama des modern life entgegentritt, mag eine Art Einführung in sich selbst sein. Das Wort KULT ist die Wurzel, an der alles hängt; es schreckt uns ab mit Visionen über religiöse Fanatiker oder Hexenversammlungen von kapuzenverhüllten Gestalten, die sich mit schwarzmagischen Ritualen beschäftigen. Die Albernheit, die den Okkultismus umgibt, ist das Resultat der vollständigen Trivialisierung der Sache in der Popkultur, besonders der amerikanischen. Aber KULT sollte, als die Wurzel von Okkultismus sowie von Kultur, so verstanden werden, daß er sich auf einen lebenswichtigen Komplex von fruchtbaren Ideen bezieht, einen ›Seed-Complex‹. Das wäre dann wirklich ein Kult, wie zum Beispiel: Der Impresionismus war ein künstlerischer Kult, der als ›Seed-Complex‹ für bedeutende Entwicklungen in der Malerei und deren Anerkennung diente – und wird nur okkult, das heißt ›heimlich, versteckt, verborgen‹, durch die Tatsache, daß die thematische und erfüllende Kraft der ›Seed-Ideen‹ der Welt im allgemeinen nicht bekannt ist, die in deren Einflüssen lebt, sondern nur einer kleinen Gruppe von Wirkenden, die sie hervorbringen und ausführen.

Heute ist Okkultismus von Unsinn und ›New Age‹-Betrügerei verhüllt, und vielleicht bleibt unsere Kunst weltweit solange degeneriert und oberflächlich, bis der kultische Aspekt wiedergegeben und Okkultismus selbst als ein echtes kultur-kreatives Wissensgebiet wiederhergestellt ist.«

Wie gesagt, geht es mir nicht darum, Propaganda für bestimmte Plätze zu machen; eher darum, anzuspornen, den eigenen Platz zu finden. Ein Teil der Bevölkerung tut's auf ihre Weise: der sonntägliche Gang in die Kirche. In der Tat sind ja viele alte Kirchen auf vormals heidnische Starke Plätze gebaut worden (wie der Beitrag von Matela Leszek zeigt, geschieht dies heute noch in Polen). Manchem verlangt aber nach einem Platz ohne Dach, ohne Pomp, ohne Kirchensteuerzwang. Small is beautiful: im Handumdrehen kann man einen Platz heimisch machen: Kerzen, geweihter Rauch nach Wahl, Kristalle, Blumen, spontan gelegte Steinmandalas, der richtige Ton, das richtige Wort – all dies mag hilfreich sein, eine persönliche Beziehung zu einem Platz aufzubauen. Nicht nur nehmen, auch geben.

Vielleicht ist es ja gar so, wie es der Heli aus Österreich sieht: »Die Fragestellung des Buches würde ich übrigens wenden: Was veranlassen Heilige Plätze? Welche Menschen holen sie sich? Was lassen sie Menschen zu ihrer Erlösung tun?

Schon die Leute, die (in Österreich) halbwegs eine Ahnung vom geomantischen Netzwerk und den verschiedenen Aufgaben der Kultplätze haben, kannst du wohl an beiden Händen abzählen – und die, die an einem Kultplatz überhaupt etwas gegen den Kraftstrom des Platzes *tun können,* die kannst Du mit ein paar Fingern erfassen. Drum ist es wohl auch für den Großteil der Leser eines solchen Buches wohl heil-iger zu erfahren, daß der Platz – an dem sie gerade wohnen – ihnen in vielen Bildern seine Botschaft zuraunt – die Handlungen, mit denen sie ihn erlösen können.«

ZUM WACHSTUM DIESES BUCHES

Der Heli mag durchaus recht haben, denn bei der Arbeit an diesem Buch kam mir ab und an das Gefühl, als verselbständige sich dieses Projekt; nicht ich stellte das Buch zusammen, sondern das Buch benutzte mich, um die Inhalte in die vorliegende Form zu bringen.

Den Anfang bildete die Broschüre der ›Radical Traditionalists‹ aus England, die mir schon allein wegen dem Umschlag so gut gefiel, daß ich sie erstand. Erst beim Lesen fand ich heraus, daß John Michell der Autor dieses zeitgemäßen Berichts über Stonehenge war. Er hat ja auch in deutscher Sprache schon einige Bücher herausgebracht, z.B. ›Alte Maßsysteme‹ als Grüner Zweig, ›Die Geomantie von Atlantis‹ bei Dianus und das wunderschöne Bilderbuch ›Die vergessene Kraft der Erde‹. Er gab seine Einwilligung zur Eindeutschung des Textes umgehend, ganz herzlichen Dank hierfür. Gut, denkt der Verleger in mir; doch wen interessiert schon Stonehenge in Deutschland? Ist das nicht die Gelegenheit für den Schreiber in mir, endlich sein Erlesenes und Erlebtes über die Externsteine loszuwerden? Jau, sacht der Westfale, während mir der innere Archivar ins Ohr flüstert, daß da doch seit Jahren noch eine Geschichte von Karl Krüll über die Steinreihen von Carnac auf eine Veröffentlichung warten würde. Also gut: drei Beiträge über die Großanlagen europäischer Kultplätze, diesen zu Touristenattraktionen verkommenen ehemaligen (?) geistigen Zentren.

Schade, denkt der Herausgeber. Eigentlich gehören doch auch Berichte über kleinere, persönliche Lieblingsplätze zu so einem Buch. Plätze, an denen man Osterwasser holt, die Nachgeburt des Kindes vergräbt, einen Baum drüber pflanzt, privaten HokusPokus abhält etc. Solcherlei Aktivitäten nehmen ja seit einigen Jahren wieder zu. Also werden einige Bekannte / Unbekannte gefragt, wie es denn mit ihrem Bezug zu solch Starken Plätzen steht. Die Beiträge werden in diesem Buch in der Reihenfolge ihres Einganges bei mir wiedergegeben.

Roman Schweidlenka, Mit-Initiator des Arbeitskreises HOPI in Österreich, der sich gerade heftig um das Wohnrecht der Navajo und Hopi Indianer bemüht, die im Juli 1986 (d.h. genau heute, am Tage als ich dies schreibe!) aus ihrer Heimat vertrieben werden sollen. In der Mythologie der Hopi stellt ihr Heiliger Berg die Mitte der Welt dar. Wenn sie dieses Land verlassen, um Uranschürfern Platz zu machen, muß um das Gleichgewicht der Welt gebangt werden. Schweidlenka, Gesinnungsgenossen und Freunde vreanstalteten in Wien eine Demo (Lybien/SDI/Hopi) auf geomantischen Wegen und Plätzen (Kontakt: Arbeitskreis Hopi, Obersdorf 35, A-8983 Bad Mitterndorf, bitte an Rückporto und kleinen Unkostenbeitrag denken!). Als nächstes kam der prominente Fotograf Richard und zeigte seine Sammlung von Irminsul-Motiven, von denen ich einige für dieses Buch ausgesucht habe.

Adrian Linder aus der Schweiz hatte 1973 über den Besuch der Indianer in der Schweiz geschrieben. Sein Bericht, ein Nachdruck aus dem Heft ›Indianer und Wir‹, berichtet von Gemeinsamkeiten alter Kulturen. Heute ist Linder Pfarrer in einem Bergdorf.

Es fiel mir auf, daß bislang nur Beiträge von Männern eingegangen waren, so fragte ich nochmals bei verschiedenen Frauen nach, da diese doch nach meinen Erfahrungen eine stärkere Bindung zu solchen Plätzen haben. »Es schreiben schon so viele Leute über Dinge, die sie nicht verstehen«, war die Begründung von MO, nichts über Erfahrungen auf diesem Gebiet zu schreiben. Ihr Mann, Helmut Salzinger, steuerte einen Beitrag aus seiner Zeitschrift ›Falk‹ bei.

Waltraud Wagner ist mit einem Beitrag über ›Analogsysteme‹ vertreten, paradoxerweise der einzige wissenschaftliche Beitrag. Sie hatte vor Jahren schon einmal einen Grünen Zweig mit dem Titel ›Reizende Erde‹ publiziert. Der hier wiedergegebene Artikel streift das Thema ›Starke Plätze‹

zwar nur, ist aber eine sehr anregende Ergänzung zu den anderen Texten.

Handelsvertreter und Medienforscher Oigen Pletsch läßt in seinem Beitrag die Realität wieder einmal wie ein Märchen aussehen.

Gary Rieveschls Bilder fand ich in dem Buch ›Lebensraum Morgen‹, der Zukunftswerkstätte Längenfeld, und gebe sie hier mit freundlicher Erlaubnis des Böhlau Verlags wieder.

Interspezies-Kommunikator Jim Nollman, der auch hierzulande durch Unterwasserkonzerte und seine Jam Sessions mit Walen etc. bekannt ist, gab freudig seine Einwilligung zum Abdruck seines Erlebnisses an einem beweglichen Starken Platz: inmitten einer Büffelherde. Ob das nicht den Rahmen des Buches sprenge, wurde ich gefragt. Aber sicher doch. Hatte ich bei den anderen Artikeln Wert darauf gelegt, daß sich alles in Europa abspielen sollte, so vermittelt Jim ein völlig anderes Raum/Zeit-Gefühl (von ihm sind auch zwei Toncassetten bei ›Transmitter‹ erschienen, ein erstes Buch in deutscher Sprache ist angekündigt).

Dann kamen die Frauen. So wie es gesungen wird: langsam, aber gewaltig. Micky Remann, inter-kontinentaler Medienspringer, der auch schon Jim Nollman nach Deutschland geholt hat, gab mir den Tip, doch einmal Luisa Francia zu fragen. Genauso hatte ich mir eine Aufarbeitung des Themas erhofft. Dazu fehlen mir und den meisten anderen die Worte, wer vermag solch persönliche Erlebnisse an Starken Plätzen schon zu formulieren? Ganz herzlichen Dank. Es sollte auch nicht verschwiegen werden, daß von Luisa Francia auch noch mehrere Bücher zu ähnlichen Themen im Handel sind. Recht neu z.B. ›Mond – Tanz – Magie‹, erschienen im Verlag Frauenoffensive (mit Bildern von Ina Guckert, die auch hier zwei Fotos beigesteuert hat).

Überraschend dann noch die Geschichte des Weltchakras Krakau, die uns Leser Leszek Matela zusandte. Er beweist wieder einmal, wie beschränkt unser Wissen über den euro-

päischen Osten ist: werden dort doch Kirchen noch durchaus unter geomantischen Gesichtspunkten errichtet.

Im Sphinx-Magazin fand ich dann noch den Beitrag von Angela Roethe über ein konkretes Erlebnis an einem Starken Platz.

Schließlich erreichte uns in letzter Minute vor Redaktionsschluß noch die Abhandlung von Maria-Gabriele Wosien über Trulli.

Ich möchte mich hiermit bei allen Beteiligten ganz herzlich für ihre Tips und Mitarbeit bedanken. Über Erfahrungsberichte von Leserinnen und Lesern für einen eventuellen Nachfolgeband würde ich mich sehr freuen.

In diesem Sinne wünsche ich auch Dir gute Zeiten an Deinem Starken Platz.

Werner Pieper

3. Die aktuelle Lage um Stonehenge.

STONEHENGE

Seine Druiden, Wächter, Festivals und Zukunft

Stonehenge und seine Wächter

Bei einer Zeremonie in Stonehenge im Jahre 1918 übergab der Philantrop Mr. Cecil Chubb das Monument und das Land in unmittelbarer Nähe formell dem Minister für Staatsbauten »zum Nutzen der Nation«. Im Jahr davor hatte er es bei einer Auktion für £ 6.600 erstanden. Dieser Schenkungsurkunde waren drei Hauptbedingungen angefügt:

I. »Die Öffentlichkeit soll freien Zugang zu dem Gelände haben gegen Bezahlung von nicht mehr als einem Schilling pro Kopf;
II. »Das Gelände soll, soweit als möglich, in seinem gegenwärtigen Zustand belassen werden;
III. »Kein Bau oder Gebäude, außer einem Kassenhäuschen, ähnlich dem schon existierenden, soll auf dem Gelände innerhalb 400 yards vom Meilenstein (nahe dem heutigen Parkplatz) errichtet werden.«

Zu jener Zeit waren die Steine von einem niederen Zaun umgeben, in der Art, wie er in der Gegend normalerweise üblich war. Er wurde 1901 von dem damaligen Besitzer Sir Edmund Antrobus errichtet, der auch zur selben Zeit einen uralten Wagenweg legal umleitete, der durch den die Steine umgebenden Erdwall führte. Dem wurde weithin ablehnend entgegengetreten. Die *Times* beschrieb den Zaun als »nicht nur unnötig, sondern höchst boshaft«. Es war das erste Stadium in einem Prozeß immer dubioser werdender Legalität, wodurch Stonehenge dem Zugang des Volkes, dem es gehört, entzogen worden ist.

Ein früherer Druidenhäuptling, Dr. G. M. MacGregor Reid, protestierte prinzipiell gegen das Eintrittsgeld, das den Besuchern auferlegt wurde. Bei der Sommersonnenwende von 1914 zahlten er und seine Anhänger nur unter Protest und begannen die übliche Zeremonie kurz vor Sonnenaufgang. Laut Meldung des Salisbury Journal vom 27. Juni, war er noch nicht weit fortgeschritten, als der Polizeidirektor der Wiltshire Polizeistation ihn auf ein Schild aufmerksam machte, welches innerhalb von Stonehenge aufgestellt war, laut dem es verboten ist, Zusammenkünfte und Riten jeglicher Art abzuhalten, und ersuchte den Druiden, davon abzulassen. Dr. Reid mißachtete die Warnung und setzte das Ritual mit lauterer Stimme fort, woraufhin ihm Polizeidirektor Buchanon mitteilte, er habe die Anlage zu verlassen. Dr. Reid weigerte sich zu gehen und wurde dann gewaltsam entfernt.

Von der Zeit an, als Stonehenge öffentliches Eigentum wurde, bis 1985 führten die Druiden ihre Zeremonien mit offizieller Billigung weiter. Inzwischen war die Schenkungsurkunde in ihrer ursprünglichen Form beträchtlich verletzt und mißachtet worden. Mr. Chubbs erster Bedingung zum Trotz wurde die Öffentlichkeit durch einen Sicherheitszaun, der 1978 errichtet wurde, vollkommen von Stonehenge ausgeschlossen. Dies widersprach ebenfalls den anderen beiden Bedingungen, genau wie die Errichtung eines Betonbuchladens und öffentlicher Toiletten und das Graben eines Tunnels von dem neu geteerten Parkplatz neben dem Meilenstein. Die Verantwortung für diese Verstöße und Verletzungen liegt bei dem English Heritage, den Nachfolgern der früheren zuständigen Minister. Überflüssig zu erwähnen, daß deren Eintrittspreise für das Monument den festgesetzten Schilling (5 p) bei weitem überschreitet. Zu diesem zerstörerischen und illegalen Eindringen leistete die Polizei ihren eigenen Beitrag 1985 in der Form von ausgedehnten Gräben, die quer durch ein Land von einzigartigem archäologischem Wert gezogen wurden, wo vorher nie Ausgrabungen gemacht wurden. Die Sonnenwendfeste in Stonehenge gewannen an der ohnehin schon bestehenden Popularität, als 1974 Phil Russel, allgemein als Wally Hope bekannt, das Stonehenge People's Free Festival gründete. Seine Anhänger, die alle den Namen Wally annahmen und zusammenfassend Wallies genannt wurden, campierten auf Feldern in der Nähe der Stätte, die sie zum heiligen Boden erklärten. Ihre Festivals und die darauffolgenden waren von heidnisch-religiösem Charakter. Kinder wurden getauft, Hochzeiten abgehalten, bei den Steinen am längsten Tag des Jahres. Wally Hope wurde verhaftet und ins Gefängnis gebracht und starb bald darauf aus ungeklärter Ursache. Beim zweiten Wallies Festival 1975 wurde seine Asche feierlich zwischen den Steinen verstreut. Das Festival, welches auf Naturschutzgebiet, allerdings ohne Genehmigung, stattfand, erfüllte einen menschlichen Bedarf, der von der Reformation unterdrückt wurde: Das Verlangen nach einer Zeit der Erleichterung und der Ruhepause, wenn die Einschränkungen von Gesetz und Moral, notwendig in jeder etablierten Gesellschaft, nachlassen und der Herr des Tumults für eine Weile regiert. Dieses Verlangen wurde von den Regierenden einmal generell anerkannt, die ihm um des Friedens und der Ordnung willen für den Rest des Jahres nachgaben. Nach 1974 sah es einige Jahre lang so aus, als ob die neuen Autoritäten diese Notwendigkeit ebenfalls anerkannten. Obwohl nicht offiziell genehmigt, war das Festival doch stillschweigend toleriert. Die Polizei hielt sich zurück, drückte hin und wieder ein Auge zu und erhielt wenig ernstzunehmende Beschwerden. Dadurch wurden viele Tausend zufriedengestellt. Die Zahl der Festivalbesucher wurde 1984 auf 30.000 bis 50.000 geschätzt.

Zu der Zeit hatte das Festival eine Bühne, laute Musik und einen offenen Handel mit harten Drogen. Letztere Aktivität wurde weithin als drohende Gefahr erkannt, und in jenem Jahr wurden die Dealer mit allgemeiner Zustimmung vom Gelände geworfen. Einer derer, die diese Initiative ergriffen, war Sid Rawle, ein erfahrener Verteidiger der freien Geistes, der Wally Hopes Schutzmantel als des Festivals Prophet und bewegende Kraft übernommen hatte. Er und seine direkten Anhänger (eine fahrende Gruppe genannt der »Peace Convoy« – höchst unzutreffend nach Meinung südenglischer Landbesitzer) vertrieben einen Dealer, der daraufhin Sid mit einer Schußwaffe bedrohte. Er rief die Polizei und erhielt deren Schutz. Sid Rawles Brief an die *Times* (28. Juni 1978) erklärt den Sinn und die Absicht des Stonehenge Festivals in den folgenden Auszügen: Wir kommen nach Stonehenge, weil es in einer so unsicheren Welt angebracht ist, daß die Menschen nach Beständigkeit in der Vergangenheit suchen, um für die Zukunft zu lernen. Das Zeugnis ist unumstritten, daß Stonehenge und das umliegende Gebiet eines der kraftvollsten spirituellen Zentren Europas ist. Es ist richtig, in der

Gegenwart Gottes demütig zu sein, aber es ist angebracht, daß wir singen und tanzen vor Freude über die Liebe und Barmherzigkeit, die er uns zuteil werden läßt. Wir würden keine Straße durch Stonehenge bauen, und ginge es nach uns, würde die auch schnell wieder verschwinden. Ein sehr wichtiger Teil des Monuments ist jetzt ein geteerter Parkplatz, häßlich anzuschauen. Wir würden keinen Stacheldraht herumziehen und Bogenlampen aufstellen. Der Director-General weiß sehr wohl, daß er und nur er allein zwischen dem Festival, wie es jetzt ist, und einem legalen Festival, wie er es nennt, steht. Heiliges Land ist heiliges Land und das Recht, uns darauf aufzuhalten, kann uns nicht abgesprochen werden...« (Zitat aus: Michael Balfour's – Stonehenge and its Mysteries –, 1979).

Im Frühsommer 1985 beschloß der Ausschuß für Naturschutzgebiete zusammen mit dem English Heritage und anderen ortsansässigen Landbesitzern, daß kein weiteres Festival auf ihrem Land abgehalten werden soll. Sie erreichten eine gerichtliche Verfügung gegen 84 namentliche Personen, die ihrer Meinung nach sehr aktiv das Ereignis propagierten, und baten die Polizei um Unterstützung.

4. Bis ins 19. Jahrhundert feierte man jährlich an den Steinen. Vorläufer der heutigen Festivals.

Die Polizei legte diese Bitte als Genehmigung aus, alle öffentlichen Rechte auf das Monument und dessen Umgebung an sich zu reißen. Sie umringten Stonehenge und die Felder drumherum mit einem meilenlangen häßlichen und bösartigen Rasierklingendraht, hob Durchfahrtsrechte auf, errichtete Gräben, Erdwälle und Straßensperren um das Gebiet und verweiterten denjenigen, soger Fußgängern, die ihnen nicht gefielen, das Recht, sich den Steinen zu nähern. Die Druiden wurden in diesem Zusammenhang ebenfalls ausgeschlossen. Stonehenge, so wurde ihnen gesagt, werde nicht länger ein Tempel oder eine Pilgerstätte sein. Von nun an sollte es nur noch eine geldbringende Touristenattraktion sein. Ein prominentes Mitglied des English Heritage aus Wiltshire beschwerte sich, daß der Anblick von zerzausten und schlampigen Campern in der Nähe der Steine die Geldeinnahmen beeinträchtige. So wurde jeder einzelne Buchstabe und Vorsichtsmaßnahmen und deren Sinn von Mr. Chubbs großzügigem Geschenk verspottet und mißachtet. Es war nicht länger das Eigentum des Volkes, sondern ein wichtiger Faktor für die Touristenindustrie.

Die anderen Gründe für das Verbieten der Sonnenwendfeiern von Stonehenge basierten auf gewissen berechtigten Beschwerden über das Festival, die jedoch leicht hätten beseitigt werden können. ein spezifischer Fall, von der Naturschutzbehörde vorgebracht, war der, daß 1984 bei dem Festival jemand ein Loch in einen uralten Erdhügel grub, um Abfälle zu beseitigen. Dieser besondere Hügel und fast alle benachbarten wurden schon von Archäologen auf Schatzsuche angestochen, während uralte Denk- und Grabmäler über weite Gebiete des Salisbury Plain zu Hauf von der Armee niedergetrampelt und von Bauern durchpflügt werden. Nichtsdestotrotz hatte der Naturschutzbund recht und die Festivalorganisatoren einigten sich darauf, eine andere Stelle von geringerem archäologischem Wert nahe Stonehenge für die Zukunft auszusuchen und eventuelle Denkmäler darauf zu schützen. Behördlicherseits wurde zugegeben, daß während der gesamten Geschichte der Festivals Stonehenge selbst weder verändert, noch beschädigt worden ist. Die Gewalt und Brutalität, mit der Stonehenge im Sommer 1985 entweiht wurde, machte dieses Jahr zum traurigsten in der bis heute bekannten Geschichte der Stätte. Auf allen Seiten herrschte heftige Leidenschaft und Wut. Jene, die von Stonehenge nicht wußten, die nie seine eigenartige und dauerhafte Anziehungskraft erfahren hatten, waren verblüfft. Was ist das für ein alter Haufen Steine, der solche Intensität der religiösen Gefühle und solch bösartigen Ausdruck bürokratischen Neides bewirken kann? Das Nachfolgende ist ein Versuch zu einer Antwort.

6. Damals.

Die Bedeutung von Stonehenge

»In einer Beziehung sind sich alle einig: Stonehenge ist vorwiegend ein ›Tempel‹, eine Struktur, in der es den Menschen möglich war, Kontakt und Kommunikation mit außerweltlichen Kräften oder Wesen aufzunehmen.« – R. J. C. Atkinson, Stonehenge, 1956.

Es ist unwahrscheinlich, daß Professor Atkinson, die führende archäologische Autorität auf dem Gebiet Stonehenge, damit ausdrücken will, daß man dort früher mit UFOs Kontakt aufnahm, aber einer seiner Kollegen, T. C. Lethbridge, kam zu jener Überzeugung, was Steinkreise im allgemeinen betrifft. In einem seiner Bücher über archäologisches Rutengehen (The Legend of the sons of God, 1972) schildert er, wie seine Frau und er elektrische Schläge erlitten, als sie den Merry Maidens Circle in West Cornwall auspendeln wollten. Sie fühlten die Steine sich hin und her bewegen, sahen sie tanzen, so wie es in den Legenden heißt. Lethbridge glaubte, daß die Steine in prähistorischer Zeit mit Energie geladen worden sind. »Die bioelektrischen Kräfte sind irgendwann durch die Anstrengung der Tänzer in dem Kreis gespeichert und nie wieder herausgelassen worden. Der Kreis ist noch immer vollkommen. Aber warum hätte jemand elektrische Kräfte in solchen Stellen speichern wollen? Welchen möglichen Zweck könnte dies erfüllen?« Seine Anregung war, daß »die Steinkreise sowohl als sichtbare und auch als unsichtbare Navigationsleitfeuer benutzt wurden«; für Weltraumwesen, die hin und wieder diesen Planeten besuchen und kulturelle Erneuerungen mit sich bringen.

In den vergangenen Jahren gab es einige Berichte über seltsame Lichter, die sich über Stonehenge bewegen und eine Ansammlung derselben wurde 1977 fotografiert. Dies deutet nicht unbedingt auf außerirdische Aktivitäten hin. Paul Devereux weist in »Earthlights« (1982) auf, daß sich megalithische Denkmäler generell nahe oder über geologischen Schichtenbrüchen und Spalten befinden, aus denen tellurische Strömungen hervorkommen. Manchmal sind diese Energien als Lichter sichtbar. Sie haben noch andere Eigenschaften, die bei Menschen, die ihnen unter bestimmten Bedingungen ausgesetzt sind, Wahrnehmungen erzeugen, wie sie Lethbridge beschreibt und zu Nachrichten über Phantome und verrückte Geschehnisse Anlaß geben. Dies stimmt mit alter und moderner Volkskunde überein, in welcher solche uralten Stätten oft als von andersartigen Wesen heimgesuchte Orte dargestellt werden.

Die Architektur von Stonehenge ist eine ausreichende Attraktion in sich selbst, aber das daraus entstehende Interesse ist mehr als akademisch. Für viele ist es ein lebendiger Tempel, ehrfurchtgebietend und heilig, und seine größte Anziehungskraft wirkt es historisch auf Mystiker, Künstler und Poeten aus. Viele der Besucher, die sich das ganze Jahr über dort einfinden, sind weniger von der äußeren Erscheinung als von der Atmosphäre des Ortes beeindruckt. Sogar in dem jetzigen elenden und traurigen Zustand ist die Anziehungskraft nicht zu leugnen und ist eine ihm innewohnende Eigenschaft. Es könnte irgendwann einmal, wie Lethbridge dachte, mit Bioenergie aufgeladen worden sein durch die Riten und Feste, die dort abgehalten wurden, aber außerirdische Kommunikation ist nicht der einzige mögliche Grund dafür. Alte Tempel wurden in der Tat mit Energie angefüllt, aber die Absicht war, entsprechend alter Traditionen, den vitalen Geist, der die Fruchtbarkeit des ganzen Landes erneuerte, dem menschlichen Leben auf der Erde zugute kommen zu lassen. Atkinson hat zweifellos recht, Stonehenge einen Tempel zu nennen und durch das Studieren seiner Maße und Symmetrien (ein Studium, das der jetzige Schreiber über Jahre besessen verfolgte) ist es möglich, weiterzugehen und seine Bestimmung zu ergründen. In der heidnischen Welt war jeder Tempel speziell entworfen, um ihn zu einem effektiven Instrument zur Beschwörung bestimmter Götter oder Kräfte der Natur zu machen. Seine Lage, Form, Ausrichtung, geometrische Proportionen und die in seiner Abmessung verschlüsselten Zahlzeichen, wurden so ausgewählt, um dem Gott, der dort angerufen werden sollte, zu gefallen. So wurde der Tempel des jungfräulichen Geistes der Erde geschaffen, um das Licht des Mondes zu empfangen; er war auf dem Siebeneck plaziert, war mit Silber verziert und stand neben einer Quelle mit heilendem Wasser. Sein polares Gegenstück, der Tempel des Sonnenstrahls, durch den die Erde fruchtbar gemacht wurde, stand auf einer hohen Landspitze, stellte die Zahl sechs dar und war von vertikaler Struktur als Turm oder Säule.

Stonehenge ist ein Pantheon, ein kosmischer Tempel, allen zwölf Göttern des Zodiak gewidmet. Er verkörpert die ideale Kosmologie, das perfekte und komplette Bild des Universums. Die Wasser der Erde, die durch unterirdische Adern kreuz und quer darunter hindurchsickern, ziehen Blitze an und verursachen jene wunderlichen atmosphärischen Effekte, die in Stonehenge arbeitende Künstler schon so oft beschrieben und dargestellt haben. Die Stätte der Steine ist das Hochzeitsbett in der Vereinigung zwischen der jungfräulichen Braut, dem Geist der Erde (der Heilige Geist des ursprünglich okkulten Christentums) und den positiv elektrisch geladenen Kräften des Äthers. Deren harmonische Vereinigung und die all der anderen gegensätzlichen Elemente in der Natur zu bewirken, war primär Gegenstand der uralten alchemistischen Wissenschaft. Dem zu dienen waren alle Tempel und Steinmonumente entworfen worden.

Astronomen haben entdeckt, daß der Bogengang von Stonehenge das Licht der auf- und untergehenden Sonne während der Winter- und Sommersonnenwende hindurchläßt, ebenso das Licht des Mondes in der achten extremen Position, die er während einem Zyklus von 18,6 Jahren erreicht. Vier Sonnen- und acht Mondtore ergeben zwölf insgesamt, den zwölf Göttern entsprechend. Stonehenge ist daher ein Tempel der Sonne und auch des Mondes, Symbole des Weiblichen und des Männlichen in der Natur. (*Anm.d.Übers.:* außer im Deutschen gilt in anderen Sprachen, engl., franz., ital. etc., die Sonne als maskulin und der Mond als feminin.)

Bei der Sommersonnenwende, im Morgengrauen des längsten Tages, wird die heilige Hochzeit vollzogen. Die aufgehende Sonne wirft einen Lichtstrahl den breiten Weg hinunter, zwischen dem »Heel Stone« (dem keltischen heol, Sonne) und seinem jetzt fehlenden Nachbarn, um an der Achse des Tempels entlang in das innerste Heiligtum einzudringen, die weibliche Öffnung, die ursprünglich einmal überdacht gewesen sein mag. Legenden zufolge fand genau das gleiche in dem Tempel von Jerusalem statt, wo der Heilige der Heiligen, über einer Quelle irdischer Strömungen gelegen, den Sonnenstrahl empfing, und aus der Fusion der beiden Kräfte wurden die Energien geboren, die als strahlendes Licht sichtbar waren und in Durchbrüchen unter der Erde in alle Teile des Landes weitergeleitet wurden, die Fruchtbarkeit erneuernd. Diese Energien konnten aber auch sehr gefährlich sein. Es gibt biblische Erzählungen über Menschen, die davon getötet wurden, und die priesterlichen Wissenschaftler, die damit umgingen, trugen zum Schutz weiße Wollroben und andere Gegenstände der Festkleidung, die späterhin nur noch rituelle Bedeutung hatten wie zum Beispiel der goldene, mit Juwelen besetzte Brustharnisch des Hohepriesters. Ursprünglich erfüllten sie einen lebenswichtigen Zweck. Der Tempel war durch einen Wasserring in seinem äußeren Wall isoliert und die Menschenmengen, die zu der Sonnenwendfeier kamen, standen außerhalb und waren somit keiner Gefahr ausgesetzt. Dies war der entscheidende Moment in ihrem Jahr. Falls die Priester mit ihrem Unterfangen Erfolg hatten – das betraf das Umgehen mit Energie auf jeder Ebene, elementar, dynamisch, spirituell und poetisch – würde eine Zeit des Wohlstands folgen. Wenn sie versagten, würde es Katastrophen zur Folge haben. Die Eigenschaft der Stätte von Stonehenge als ein natürlicher Ort der Anrufung – Beschwörung – war den frühen Nomadenvölkern offenbar bekannt, denn Teile des Monuments, einschließlich des äußeren Walls und Grabens, dem Heel Stone und den vier Station Stones, wurde auf älter erkannt als der Haupttempel. Kein Mensch weiß, wer den großen Kreis aus 30 aufrechtstehenden Säulena, die einen Kreis aus gegliederten steinernen Oberbalken stützen, der 316,8 Fuß mißt (der 100. Teil von 6 Meilen), gebaut hat.

Es wurde angeregt (sehr erklärend in »The Sphinx and the Megaliths« von John Ivimy), daß es die Arbeit einer Expedition aus Ägypten war. Professor Atkinson stellt einen minoischen Einfluß fest. Andere haben es den Atlantiden, Weltraumbesuchern und fast jeder menschlichen Rasse, von den Römern bis hin zu den amerikanischen

Indianern, untergeschoben. Die Literatur über das Thema ist unermeßlich.

Einer der Gründe, Stonehenge als kosmischen Tempel und das wahre Abbild des Universums darzustellen, ist, welche Ideen und Vorstellungen auch immer eingebracht werden, immer positiven Anklang finden. Es ist ebenso eine Charakteristik des allumfassenden Universums, Beweise in sich zu bergen, die jegliche Theorie darüber zulassen. Die Menschen, die zu der Zeit lebten, als Stonehenge gebaut wurde, gehörten zu der sogenannten Wessexkultur. Einige von ihnen hatten sich landwirtschaftlich niedergelassen, doch die vorherrschende Mehrheit bewahrte die nomadischen Gewohnheiten ihrer Vorfahren. Der Nachweis über ihre Begräbnisse läßt darauf schließen, daß sie reich und hoch kultiviert waren. Die Qualität ihrer Gold- und Metallarbeiten wurde in historischen Zeiten nie erreicht, und es ist wahrscheinlich, daß ihre Geschicklichkeit mit vergänglicheren Materialien wie Holz, Teppichen und Zelten, einen ähnlich hohen Standard hatte. Sie zogen in Scharen mit Herden zwischen den heiligen Orten der Feste des Landes umher, sich an allem erfreuend, was die Natur ihnen bot und ihre eigenen Unternehmungen erlaubten. Ihre Grabhügel, angefüllt mit wertvollen Gegenständen (von Archäologen seit dem 19. Jahrhundert fast vollständig geplündert) sind um Stonehenge herum angehäuft und künden davon, daß hier der zentrale Drehpunkt ihres Lebens und ihrer Kultur lag. Diese Menschen wurden als einfach bezeichnet und waren es zweifellos auch – im modernen Sinne, daß ihnen solche Annehmlichkeiten wie Badezimmer, Zentralheizung, Fernsehen, Irrenanstalten und Gefängnisse fehlten. Aber der ganze Sinn der uralten Wissenschaften war, den Menschen ein einfaches und sicheres Leben in ihrem eigenen Lande zu erlauben und das gesamte Spektrum der menschlichen Natur zu erfahren. Sie strebten nicht nach Zivilisation und hätten wahrscheinlich Edward Carpenters Meinung zu dem Thema geteilt (hätten sie seine großartige

Arbeit von 1893 gelesen, »Civilization, its Causes and Cure«), daß der zivilisierte Zustand »eine Art Krankheit ist, die die verschiedenen Menschenrassen durchmachen müssen – wie Kinder Masern oder Keuchhusten durchstehen müssen.« Auch lebten sie »nicht vom Brot allein«. Die Quelle und Nährkraft ihrer Kultur war die Geistkraft. Sie fanden sie in ihren natürlichen Plätzen, in Brunnen, heiligen Quellen, im Gehölz, in Felsblöcken und Felsvorkommen, bei denen sie regelmäßig das ganze Jahr über Zuflucht suchten. Dort nahmen sie die Gaben der Erdgöttin an, Heilen, Fruchtbarkeit und die Anleitungen der Träume und Visionen. Diese Gaben des Geistes sind jahreszeitlich bedingt steigend und fallend. Und um Ansiedlung und Landwirtschaft zu erleichtern, fanden die Alten den Weg, sie zu steigern und das ganze Jahr über verfügbar zu machen. Sie errichteten Steinsäulen über den Adern und Zentren der Geistkraft, konzentrierten sie und fesselten so die Energien. Eine Lanze durch den Kopf der Erdschlange zu treiben ist die symbolische Beschreibung dieser Handlung. Sie taucht wiederholt in den Legenden der Drachentöter auf. Sie sind kulturelle Helden, Überbringer von Zivilisation und Licht. Sie sind aber auch die Schänder des weiblichen Erdgeistes, die ihn in Beschlag nehmen und seinen Energiefluß ausbeuten. Hier beginnt die Unterdrükkung der menschlichen Natur, welche die Zivilisation verlangt. Natürlich ist es unnütz, wegen solch natürlicher Vorgänge partisanisch oder moralistisch zu sein. Wir genießen den Komfort der Zivilisation und denken nicht daran, freiwillig zum Nomadentum zurückzukehren. Diese Umkehrung wird sich zur rechten Zeit wieder einstellen, wenn sich die heutige Zivilisation ausgelebt hat.

Bis dahin widmen wir uns dem Problem, das schon Plato in der »Republik« diskutierte: wie läßt sich die menschliche Zivilisation mit den rastlosen Bedürfnissen der uns angeborenen Natur verbinden. Mit diesem Problem waren früher schon die Erbauer von Stonehenge konfrontiert. Und dieser vollkommenste aller Tempel, der Gleichgewichtserhalter, der Umwandler, der Stabilisator der uralten Volksgemeinschaft, er war das Instrument zur Lösung der Probleme. Natürlich nicht für immer. Geistkraft wird am Ende ihre Fesseln sprengen und ziehen, wohin sie will, ungeachtet dem Wehklagen ihrer Hüter. Der Tempel ist leer, seiner Energie beraubt. Eines Tages jedoch wird sie sich nach ihrem alten Aufenthaltsort, der Vertrautheit ihres Zusammenkunftortes und ihrem früheren Hochzeitsbett sehnen. Viele Jahre lang lag Stonehenge verlassen und verfallen da, seine Steine für Straßen und Steingärten abgebaut. Doch während der ganzen Zeit war eine kleine Gruppe von Beobachtern anwesend. Jedes Jahr, bei Anbruch des längsten Tages, erschienen bestimmte Leute bei den Steinen, um die aufgehende Sonne zu sehen, die wie ein Ballon auf dem Heel Stone zu stehen scheint. Dies bezeugen die Leute von Amesbury und der benachbarten Orte, die sich des Rechts erfreuen (von keiner historischen Regierung gegeben, und daher auch nicht in der Macht der heutigen, es abzuschaffen), auf freie Anwesenheit bei den Stonehenge Sonnenwenden. Unter ihnen befinden sich die Beobachter. Während der langen Jahre des Verfalls von Stonehenge haben sie das Zeichen für die Wiederherstellung erwartet. Bei Anbruch der Nacht des allerletzten Tages des 19. Jahrhunderts stürzten plötzlich zwei der Steine zusammen. Es war der Tiefpunkt in der Geschichte von Stonehenge und bezeichnete den Beginn eines neuen Zyklus. Auf Verlangen der Öffentlichkeit wurden die gefallenen Steine wieder aufgerichtet und, wie als Antwort darauf, begann der Tempel, sich selbst wieder aufzuladen. Gewisse Zeichen wurden von den Beobachtern wahrgenommen, die darauf hinwiesen, daß sich die Zeit der Wiederkehr der Geistkraft näherte. Die Druiden erschienen dort wieder öffentlich und unterstützten den Prozeß der Regeneration mit zeitgemäßen Zeremonien. Als der natürliche Magnetismus des Ortes sich intensivierte, entstanden allmählich die Menschenmengen. In den frühen 70er Jahren wurde das alte Sonnenwendfest spontan wieder ins

Leben gerufen. Die Autoritäten waren durch ein Ereignis beunruhigt, das jenseits ihres Verstehens lag.

1978 wurden die Steine eingezäunt und die Öffentlichkeit ausgeschlossen. Dies verletzte die Bedingung des öffentlichen Zugangs, unter welcher Stonehenge 1918 dem Volk gegeben wurde. Schlimmere Übertretungen – Entweihungen – folgten im Juni 1985, als es Druiden absolut verboten wurde, sich ihrem Tempel zu nähern und jene, die versuchten, sich in der gewohnten Weise dort zu versammeln, wurden von der Polizei auseinandergetrieben, mit Knüppeln geschlagen und zu Hunderten verhaftet. Viele verloren persönliches Eigentum, und ihre Fahrzeuge wurden von der Autorität zerstört.

Die Druiden von Stonehenge

Die Druiden kamen 1905 öffentlich nach Stonehenge zurück und hielten ihre erste neue Zeremonie dort ab, als der damalige Besitzer, Sir Edmund Antrobus, in ihren Orden aufgenommen wurde. Der angebliche Gründer des neuzeitlichen Druidentums war Henry Hurle im Jahre 1781, aber private Aufzeichnungen nennen frühere Häuptlinge, unter ihnen William Blake, der Prophet des wiedergebrachten Albion's Spirit und den Reverend William Stukeley, auch als Erzdruide Chyndonax bekannt. »Stonehenge«, sagte er, »erfreut wie ein magischer Zauberspruch.« Er brachte das Druidentum wieder an die Öffentlichkeit und löste eine Welle der Begeisterung aus, mit der Botschaft, die er von den Steinen las, daß hier in Britannien »das glanzvolle Königreich Christus' beginnen soll.« Er war der erste, der neuzeitlich die Bedeutung des kosmischen Tempels als ein Mittel proklamierte, himmlische Einflüsse anzuziehen, um das Leben auf der Erde zu heiligen. Er stellte es so dar: »Es war die Art der Alten, in ihren religiösen Gebäuden die Form des göttlichen Wesens, wie sie es sich vorstellten, symbolisch darzustellen. Auf diese Weise schufen sie einen wirksamen Schutz, so dachten sie, und die Zuneigung und das Ebenbild werden den Segen der göttlichen Vorsehung über jenen Ort und das Land bringen.«

Mit diesen Worten machte Stukeley eine kurze Darstellung der Eigenschaft und Methoden der esoterischen Wissenschaft. Das göttliche Wesen, durch die Form von Stonehenge repräsentiert, ist der platonische Begriff für das lebendige Universum. Stonehenge ist seine vollkommene Nachbildung. Das Universum enthält alles, so auch sein Abbild, der kosmische Tempel. Es ist eine Lebensaufgabe, all die verschiedenen geometrischen Anordnungen, Zahlen und musikalischen Harmonien, die in der Architektur von Stonehenge zusammengefügt sind, zu studieren. Nichts ist ausgelassen. Als ein Symbol der Allumfassung entspricht es dem allumschließenden Makrokosmos,

Druiden feierten Sonnenwende

300 Druiden, Anhänger des Sonnenkults, feierten an der vorgeschichtlichen Kultstätte Stonehenge die Sonnenwende. Sie hatten allerdings Probleme mit der Polizei. Weil es vor einem Jahr in dem 4000 Jahre alten Ring aus riesigen, aufeinandergestellten Steinquadern zu Ausschreitungen gekommen war, hatte die Polizei seit Tagen einen Kordon um die britische Kultstätte gezogen und ließ niemanden innerhalb des Steinrings. Im Gefolge der Druiden waren jedes Jahr seit den siebziger Jahren Hippies nach Stonehenge gekommen, um hier ein Musikfestival abzuhalten. Weil etwa 200 von ihnen den Polizeikordon durchbrechen wollten, wurden sie festgenommen. Nur die weißgekleideten Druiden durften in der Nähe ihrer Kultstätte die Sonnenwende feiern. Telefoto: OÖN/AP schwingt mit seinen Frequenzen und bringt das Leben auf der Erde in Resonanz mit der göttlichen Ordnung. William Stukeley liefert das entscheidende Bindeglied zwischen den Druiden des Altertums und jenen, die heute in Stonehenge ihre Rituale vollziehen. Seit seinem Tode 1765 ist die Kette der Nachfolger unterbrochen. Man sagt, daß sogar in den Jahren, die diesem Jahrhundert vorangingen, als es keine öffentlichen Zeremonien bei den Steinen gab, unter den Zuschauern, die zur Sonnenwende kamen, solche waren, die das Druidenritual innerlich vollzogen, denn als sie gegangen waren, fanden die Aufseher des Monuments einige Anzeichen ihrer Tätigkeit – ein Weihopfer unter einem Bogengang, eine Rose auf dem Altarstein niedergelegt. Eine Verbindung zwischen den Druiden des 18. Jahrhunderts und jenen des Altertums ist nicht so einfach herzustellen, da sie von so unterschiedlicher Art sind. Mehrere klassische Autoren haben das Druidentum beschrieben und seine Prinzipien sind im Satz des Pythagoras und in anderen Arbeiten von Neoplatoisten und späteren Mystikern ausgedrückt. Deren Einfluß war es, der die druidische Philosphie William Blakes prägte. Stukeley, der ein Freimaurer und Student der hebräischen Kabala war, erlangte sein Wissen der alten Lehren durch jene und andere esotherische Quellen, bereicherte sie durch seine Untersuchungen der Druidendenkmäler und der überlieferten Bräuche in Britannien. In der Umgebung von Stonehenge herrschte zum Beispiel der Glaube, besonders noch im frühen Abschnitt seines Lebens, daß die Steine eine magische heilende Kraft haben. Dieser Glaube geht wahrscheinlich bis in früheste Zeiten zurück und wurde zuerst von Geoffrey of Monmouth im 12. Jahrhundert aufgezeichnet. »In diesen Steinen wohnt ein Mysterium und eine heilende Tugend gegen mannigfaltige Leiden«, schrieb er, und »nicht ein Stein, dem es an Tugend oder Heilkraft mangeln täte.« Im Verlauf seiner altertümlichen Reisen durch Britannien fand Stukeley viele Gegenstände alter Druidenlehren, und in abgelegenen Teilen von Wales fand er Einführung in die alten Weisungen durch dort praktizierende Barden. Aus ihnen geht im späten 18. Jahrhundert eine bemerkenswerte Figur hervor, der Erzdruide Iolo Morganwg, der die dauerhafte Bewegung der Walisischen Druidenkultur antrieb. Unter seinen Nachfolgern war auch der bemerkenswerteste der modernen Druiden, Dr. William Price, ein natürlicher Schamane und leidenschaftlicher Revolutionär gegen jede politische, religiöse und moralische Institution. Freie Liebe und die Verehrung der Natur waren seine Hauptgrundsätze. In der Robe eines Zauberers mit einem Fuchsfell auf dem Kopf vollzog er die jahreszeitlichen Druidenrituale an seinem Altar, dem Pontypridd Rocking Stone.

Das Überleben der prähistorischen Tradition in Irland bis in die heutige Zeit ist eine Frage der Überlieferung, denn die alten Druiden oder ihre bardischen Kollegen lebten dort unter königlichem Schutz bis zu ihrer Unterdrükkung durch Cromwell. Daraufhin zogen die verdrängten Gelehrten als »Heckenschulmeister« auf die Straße und unterrichteten Landkinder in den alten und klassischen Lehren. »Einen zerfledderten Ovid oder Virgil mag man sogar in den Händen eines einfachen Arbeiters finden«, schrieb 1824 der irische Volkskundler Croker – und ein englischer Reisender der selben Zeit beklagte sich, daß ein junger irischer Ziegenhirte, den er nach dem Weg fragte, kein Englisch konnte, aber das Griechisch des Sophokles sprach. Caesar stellte fest, daß die Druiden griechische Buchstaben für geschäftliche Angelegenheiten nutzten.

Der erste, der Stonehenge als einen Tempel der Druiden erkannte, war John Aubrey im 17. Jahrhundert. Etwa zweihundert Jahre lang war dies die allgemeine Ansicht, aber dann setzte eine Gegenwirkung ein, und Archäologen bestritten vehement jede Verbindung zwischen dem Monument und den alten keltischen Priestern. Die Kelten, so wurde gesagt, kamen nicht vor 800 v. Chr. nach Britannien, 1000 Jahre nachdem Stonehenge fertiggestellt war. Moderne Gelehrte haben jedoch die historische Chronologie überarbeitet und räumen ein, daß die erste keltische Einwanderung etwa 2000 v. Chr. stattgefunden haben könnte, somit hätten die Druiden genügend Zeit gehabt, das letzte Stadium des Tempels mitzukonstruieren, einschließlich dem äußeren Ring der 30 Säulen mit ihren Oberbalken. Ob sie ihn nun gebaut haben oder nicht, benutzt haben sie ihn höchst wahrscheinlich.

Es war immer Brauch bei den Einwanderern, die heiligen Stätten und Festtage der dort heimischen Religion anzunehmen, und es gibt die umfassenden Beweise der megalithischen Schreine, die ihre Unversehrtheit unter heidnischen Kelten bis in die Zeiten des Christentums beibehalten haben. Dies wird jetzt allgemein anerkannt, – eine Wiedereinsetzung der Druiden ist im Kommen. »Sind nicht die Druiden die namenlosen Priester der megalithischen Religion im Keltischen?«, fragte die Archäologin Jacquetta Hawkes und jener Erz-anti-Druide Glyn Daniel (der lange Zeit lautstark befürwortete, daß die Druiden von ihrem Tempel bei der Sonnenwende ferngehalten wurden) gibt nun zu, daß die keltischen Druiden sich Stonehenge wahrscheinlich für ihre Zeremonien zu eigen machten. Im Wirken, wenn nicht im Namen, waren die ursprünglichen Priester von Stonehenge Druiden, also ist es in keiner Weise unangemessen, Stonehenge nochmals als Druidentempel zu bezeichnen. Es wird oft behauptet, meistens von jenen, die das Thema nicht studiert haben, daß die Weltanschauung und die Philosophie der alten Druiden unwiederbringlich verloren ist und daß deshalb moderne Druiden keine geistige Verbindung mit ihren Vorfahren in Stonehenge beanspruchen können. Tatsächlich aber liefern Caesar und andere klassische Autoren Unterlagen aus erster Hand über die Ideale und Bräuche der Druiden, und es wurde bereits darauf hingewiesen, wie zahlreich und weitverbreitet die Überbleibsel des Druidentums sind, die bis in die heutige Zeit weiterbestehen. Weiterhin war das Druidentum eine natürliche Religion, die auf Liebe und Achtung vor der Natur gründet und daher in

Übereinstimmung mit den menschlichen Instinkten aller Zeitalter steht. Es verehrte den Geist des Lebens, und die Aufgabe der Priester war es, die wechselnden Jahreszeiten und Zyklen zu beobachten und das menschliche Leben in Harmonie mit ihnen zu bringen. Es wird erzählt, daß sie ursprünglich nur durch Musik allein regierten, durch die zehn ununterbrochenen Chöre von Britannien, wo fromme Barden abwechselnd einen konstanten heiligen Gesang anhielten, der sich mit den Jahreszeiten änderte. So verzauberten sie die Bevölkerung, führten sie vorsichtig und sanft bei ihren Unternehmungen. In späteren Zeiten, so klagt William Blake, kamen die Druiden dazu, Gesetzbücher zu erfinden, die sie mit Bestrafungen durchsetzten.

Ohne Zweifel reflektiert dies die wahre Entwicklung ihrer Gesellschaft. Aber die Gesetze, die sie ausriefen, waren mit Grundsätzen versehen und respektierten die Bräuche. Hinter ihnen stand der Geist des Druidentums, als immerwährende Vielfalt bezeichnet, weil er der menschlichen Natur angeboren ist und daher unzerstörbar und wiederkehrend ist. Somit ist es auf keinen Fall unmöglich, den Geist der ursprünglichen Druidenphilosophie im heutigen Zeitalter wiederzugewinnen. Es ist in der Tat unbedingt notwendig, dies zu tun, denn die Wiederbelebung der Denkweise der alten Druiden, die Anerkennung der Heiligkeit der lebendigen Erde und all ihrer Kreaturen, scheint doch die einzige Alternative zu einer planetarischen Zerstörung und Vernichtung zu sein.

Die Zukunft von Stonehenge

Die Schlacht um Stonehenge wurde ausgetragen, um zu entscheiden, wem es nun gehört und wie es genutzt werden soll. Auf der einen Seite stützte die Polizei mit Knüppel und Schild die Interessen der Landbesitzer, des Naturschutzbundes und des English Heritage. Auf der anderen eine bedeutende Gruppe, die das Volk vertrat, dem Stonehenge einmal gegeben wurde, unter ihnen Sid Rawle und seine Anhänger im Peace Convoy, in einigen Abschnitten mit Hell's Angels, Gruppen von Anarchisten, Mystikern, Idealisten und anderen jungen Leuten verbündet, die sich im Verlauf des Free Festival zusammenfanden. Die Druiden hielten sich vom Kampf zurück, wie das schon immer ihr Brauch gewesen ist, und versuchten systematisch die Lage zu ihrem Vorteil zu wenden. Die Auseinandersetzung hatte ein nützliches Resultat – das reinigende Gewitter hatte sich entladen und machte es ganz offensichtlich, daß mehrere vernünftige Ansprüche auf Stonehenge und dessen Umgebung bestehen. Die Hauptinteressen, die es zu berücksichtigen gilt, betreffen die Religion, die Archäologie, das Festival, Erhaltung und Tourismus. Stonehenge ist der kosmische Tempel, ein Abbild des allumfassenden Universums und sollte daher in der Lage sein, alle Forderungen und Ansprüche darauf zu vereinbaren. Zweifellos ist es dazu in der Lage, denn alle Stonehenge-Liebhaber, alle, die um seinen Besitz streiten, sind mehr oder weniger einig, die Interessen des anderen anzuerkennen. Der meistumstrittene Anspruch ist der des Festivals. Alle anderen Parteien sind der Meinung, es würde ihnen Schaden daraus entstehen. Den Druiden wurde ihre Zeremonie unterbrochen; die Archäologen befürchten Beschädigungen und Abtragungen der alten Stätte; die Pächter der Ländereien, auf denen es abgehalten wird, verlieren jährlich ihr Gras und verlangen Ersatz von dem Besitzer, dem Naturschutzbund; Touristen würden beim Anblick der »Hippies« abgeschreckt und die Polizei ist über den illegalen Status verärgert, und daß sie bei den Abmachungen nicht mitzusprechen haben. So dargestellt sieht die Zukunft für das Festival schlecht aus. Aber es hat Stonehenge immer geachtet, den Grund für seine Existenz, und der Geist des Ortes hat darauf angesprochen. Die überraschende Tatsache ist (dies ging aus Briefen und Telefongesprächen hervor), daß führende Vertreter von fast allen betroffenen Parteien eine tiefe Zuneigung für Stonehenge empfinden und seine plötzliche Schließung 1985 zutiefst bedauern. Der Sprecher der Stonehenge Archäologen, Richard Atkinson, nennt es eine »Einrichtung«, in freundschaftlichem Sinne dem Geist von Stonehenge gegenüber. Er mag Sid Rawle und respektiert seine Überzeugung – eine Empfindung, die auf allen Seiten geteilt wird, von den Druidenhäuptlingen, vom Wiltshire Polizeidirektor und den Erhaltern des Stonehenge Monuments. Jedoch sollte das Festival laut Atkinson, der den Naturschutzbund in archäologischen Angelegenheiten berät, nicht auf ihrem Land abgehalten werden, das insgesamt von wissenschaftlichem Wert ist. Es sollte eine andere Stelle gefunden werden, sagt er, mindestens eine Meile von den Steinen entfernt. Die Druiden hält er für harmlos. Die zweite archäologische Autorität in Sachen Stonehenge, Chris Chippindale, redet ähnlich wie Atkinson. Das Festival, erklärte er, »ist eine zeitgenössische Reaktion auf den uralten Tempel von Stonehenge, auch nicht viel wunderlicher oder empörender als die Reaktionen vergangener Jahrhunderte. Es ist gut und gerecht, es von dort, wo es jetzt ist, zu verlegen, weil es doch der Archäologie zu sehr schadet. Es ist aber, milde gesagt, sehr unfreundlich, es ohne einen Gedanken an eine Alternative einfach zu unterdrücken.« Dies sind die typischen Meinungen, die von verschiedenen Stonehenge Autoritäten untersucht und bearbeitet wurden. Der Naturschutzbund, dessen Hauptinteresse der Erhaltung gilt, will das Festival nicht auf seinem Land, hat aber im Prinzip nichts dagegen.

Die Polizei auch nicht. Der Wiltshire Polizeidirektor sähe es nur gern an einem legalen Ort mit verantwortlicher Organisation, wie das gleichzeitig stattfindende jährliche Festival von Pilton nahe Glastonbury. Jedoch ist anscheinend kein ansässiger Farmer oder Landbesitzer unter keinen bereit, den Gastgeber zu spielen. Einige Ortsansässige, deren Verhältnis zu der ganzen Sache nicht bekannt ist, haben etwas gegen die Menge und die Sorte Menschen, die das Festival anzieht. So auch gewisse Förderer des Wessex Tourismus. Der Earl of Shelburne schreibt: »Wenn Tausende von Leuten in Stonehenge zusammenlaufen, hat das eine nachteilige Wirkung auf das gesamte Tourismusgewerbe in jener Gegend, und es sollte nicht übersehen werden, daß der Tourismus für einen ziemlich großen Teil der Wirtschaft in dieser Subregion einsteht.« Er sollte aber natürlich auch nicht vorherrschend und ausschlaggebend sein. Hinter all den anderen Erwägungen und Betrachtungen steht die Tatsache, daß Stonehenge dem Volk gegeben wurde, nicht ausschließlich einer Klasse, einem Gewerbe oder einer Interessengruppe. Die letzten, die in der ganzen Sache befragt wurden, sind die am meisten Betroffenen, die Festivalteilnehmer. Bei dem Festivalkommittee wurden folgende Gruppen vertreten: The Polyantric Circle, The Ancient Order of Pagans, Pendragon Circle, Tipi Circle, The Magical Earth Dragon Society, Union of Ancestor Worshippers, Mother Earth Circle, Devotees of the Sun Temple, the Family, The Tibetan Ukrainian Family, The Church of Immediate Conception, The Wallies, The Free High Church, The Rainbow Warriors... zum größten Teil Heiden und Sonnenanbeter, und Stonehenge ist ihr Tempel. Unter ihnen sind Kinder bis zu zehn Jahren, die bei den Steinen getauft wurden und dort jedes Jahr mit ihren Eltern hingehen, deren Hochzeitszeremonie dort abgehalten wurde. Ihrer Literatur nach erstreckt sich die Heiligkeit der Steine auf das ganze Land und die Monumente drumherum. Das ist auch im wesentlichen die Ansicht der Archäologen, und die Festivalgruppen sind genauso besorgt wie die Professoren, daß das Stonehenge-Gebiet vor unnötigen Schäden bewahrt wird. Vom Standpunkt der strikten Erhaltung sollte über das ganze Gebiet ein »Betreten verboten« verhängt werden und alle Aktivitäten darin – der Archäologen, Farmer, des Militärs, der Festivalleute, der Druiden, der Reiseführer etc., gestoppt werden.

Doch ist dieses Extrem natürlich weder durchführbar noch ist es wünschenswert. Stonehenge gehört genauso der Gegenwart wie der Vergangenheit und der Zukunft. Unter welchem Gebrauch es auch immer heute stehen wird, es werden Spuren davon in der Landschaft zurückbleiben. Es wäre durchaus möglich, daß die Spuren des Festivals für die Anthropologen der Zukunft von gleichem Interesse sein werden wie andere Nachweise über die Bedeutung von Stonehenge für die Menschen. Mit der richtigen Kontrolle könnte der Schaden an dem Festivalgelände so gering gehalten werden, wie er etwa von darauf herumlaufenden und campierenden Leuten verursacht würde. Was die Steine selbst betrifft, so ist offiziell bestätigt worden, daß sie in keiner Weise durch die jährlichen Besuche der Feiernden Schaden erliten haben. Dies bezeugt auch ein offizieller Aufseher von Stonehenge, Bill Kendall, von Tim Malyon im Juni 1985 interviewt: »Die Hippies haben die Steine in den sechs Jahren, die ich hier Dienst habe, nie beschädigt. Die Aufseher respektieren sie. Sie kommen mit schwarzen Säcken und sammeln alle Abfälle auf, bevor sie gehen, sogar die Zigarettenstummel.« Dieser zusammenfassende Bericht über die Probleme von Stonehenge macht klar, daß, wenn alle, die Ansprüche auf eine Benutzung erheben, die Ansprüche der anderen akzeptieren (was ja beinahe schon der Fall ist), es möglich sein sollte, eine Lösung zur allgemeinen Zufriedenstellung zu finden. Die gegenwärtige Sorge gilt eher den Prinzipien als den Einzelheiten zukünftiger Vereinbarungen. Idealerweise solten die erniedrigenden Zaun- und Drahtverwirrungen entfernt werden, ebenso der Parkplatz, der Tunnel, der Buchladen und andere neuerliche Zutaten, um so der Angelegenheit wieder eine gewisse Rechtmäßigkeit zu geben. Das Monument und seine Einfassung sollten so weit als möglich wieder in ihren vormaligen Zustand versetzt werden, in Übereinstimmung mit Mr. Chubb's eigentlichen Bedingungen, so daß die Steine als einzige sichtbare Erhebung zurückbleiben, zusammen mit den Schafen auf der Ebene. Eine baumgeschützte Stelle für einen neuen Parkplatz, Läden, ein Museum und andere Dinge sollte gefunden werden, eine Meile oder so von den Steinen entfernt, von wo aus die Besucher zu Fuß zu dem Tempel gehen können (vielleicht mit Bussen für Gehbehinderte) vorbei an anderen alten Monumenten.

Eine ähnliche Stelle, weit genug vom Touristenzentrum und ungefähr ebenso weit von dem Monument entfernt, sollte für das Sonnenwendfestival zur Verfügung gestellt werden. Der Eigentümer dieses Geländes – es sollte am besten von einer nationalen Körperschaft erworben werden – würde durch einen Beitrag der Händler, die auf das Festival kommen und freiwillige Abgaben entschädigt werden. So würden die wichtigen Voraussetzungen für ein Free Festival erhalten bleiben. Als Ausgleich für den Erhalt eines legalen Status wären die Festivalorganisatoren an das gebunden, was sie mit der Polizei, den Besitzern und Aufsehern von Stonehenge vereinbart haben. Am Vorabend des längsten Tages, zur gewohnten Stunde, würden sich die weißgekleideten Druiden ihrem Tempel nähern, um ihrem priesterlichen Amt zu walten, während die Menge gebührenden Abstand hält, wie einst in früheren Zeiten. Nachdem die Druiden den Sonnenaufgang gesehen hätten, würde der vorherrschende ökumenische Geist die anderen an die Reihe lassen; die Wallies, den Earth Mother Circle oder wer auch immer vorherige Vereinbarungen getroffen hat, in dem Jahr in dem Tempel zu praktizieren.

John Michell

EDEL-STEIN ODER GROBER KLOTZ: DIE EXTERNSTEINE IM TEUTOBURGER WALD

1. Die Externsteine und ihre möglichen Bedeutungen in der Vergangenheit

Zu dem Themengebiet ›Externsteine‹ sind im Laufe der Jahre ungezählte Veröffentlichungen erfolgt. Viele unterschiedliche Autoren und Gruppen haben diese Steine zu den ›ihren‹ gemacht; die Literatur ist entsprechend. Ich habe nun einmal einen Berg Bücher durchgeschaut und Stellen, die mir aus diesem oder jenem Grunde bemerkenswert erschienen, rausgeschrieben und hier aneinandergereiht. Viel davon ist Spekulation, einiges weltanschaulich gefärbt. Die massiven Steine als Puzzle:

ZUM NAMEN, ZUM ORT – »Die Felsgruppe der Externsteine ist scharf an der Wasserscheide zwischen Rhein und Weser, an der Ostseite des Teutoburger Waldes gelegen, dort, wo sich an diesen nach Süden fast ohne Übergang das Eggegebirge anschließt. Der Flurname ›In den Bangern‹ besagt, daß wir es mit einem Banngebiet zu tun haben, das nur wenigen Eingeweihten zugänglich war.«[13]

GOETHE – »Man kann ›in dieser Gegend nicht verweilen, ohne auf jene Urgeschichten hingewiesen zu werden, von denen uns römische Schriftsteller so ehrenvolle Nachrichten überliefern. Hier ist noch die Umwallung eines Berges sichtbar, dort eine Reihe von Hügeln und Tälern, wo gewisse Heereszüge und Schlachten sich hatten ereignen müssen. Da ist ein Gebirgs-, ein Ortsname, der dorthin Winke zu geben scheint, herkömmliche Gebräuche sogar deuten auf die früheren, roh feiernden Zeiten, und man mag sich wehren und wenden wie man will, man mag noch soviel Abneigung beweisen vor solchen aus dem Ungewissen ins Ungewissere verleitenden Bemühungen, man findet sich wie in einem magischen Kreise befangen, man identifiziert das Vergangene mit der Gegenwart, man beschränkt die allgemeinste Räumlichkeit auf die jedesmal nächste und fühlt sich zuletzt in dem behaglichsten Zustande, weil man für einen Augenblick wähnt, man habe sich das Unfaßlichste zur unmittelbaren Anschauung gebracht‹.«[6]

»Auch Goethe schien es gewiß zu sein, daß die Felsen seit je ein Heiligtum gewesen seien. ›Ihre ausgezeichnete Merkwürdigkeit‹, schrieb er, ›erregte von den frühesten Zeiten an Ehrfurcht; sie mochten dem heidnischen Gottesdienst gewidmet sein und wurden sodann dem christlichen geweiht‹[1]

9. Die Externsteine im Spiegel von Münzen: der Gestirnsbeobachtungsraum, die Gesamtansicht mit See und einer der Hauptfelsen mit Wackelstein.

Festgehalten wurden vor allem Schlachten und Herrscher, Kriege und Macht-geile. Dabei war diese Verquickung von Mystik und Politik nur selten zum Wohle Aller.

»Die Großartigkeit des Naturdenkmals wird gesteigert durch den Teich, der die Felsen an der Nordseite begrenzt. Beim Rundgang selbst beachten wir zunächst die Steinstufen am zweiten Felsen, die sog. Kanzel. Von ihr aus soll Armin, der Cherusker, die Seinen zum Angriff auf das Römerheer angefeuert haben, auch soll hier die germanische Seherin Weleda 60 Jahre danach zur allgemeinen Auflehnung gegen das Römerheer vor dem Bataveraufstand aufgerufen haben.«[2]

Man erinnere sich: damals wurde den imperialistischen Römern ihre erste militärische Niederlage beigebracht. Die Ausbreitung des Römischen Reiches stieß erstmals an eine Grenze.

»An die Stelle der angestrebten Unterwerfung trat eine lang dauernde Periode der kulturellen Auseinandersetzung, welche die abendländische Entwicklung von Grund auf veränderte. »Daß wir heute in Deutschland deutsch sprechen, ist eine Folge der Schlacht im Teutoburger Walde« (Hermann Kesting).«[6]

Jenes Ereignis ist ja auch im deutschen Liedgut festgehalten ein Dauerhit für Mundorgler: Als die Römer frech geworden, simsirimsimsim...
Mehr als 700 Jahre später wurde der Teutoburger Wald wieder Zentrum einer großen Keilerei: Karl der Große (wie groß war Karl der ›Große‹ wirklich??) gewann den abendländischen Glaubenskrieg gegen Widukind den Sachsenherrscher. Karl ließ die Irminsul, das ›heidnische‹ bzw. heimische Kultzentrum zerstören und schlachtete Tausende von ›Ungläubigen‹ dahin.

»Daß Karl der Große zum Schwert griff, ist eines der großen Rätsel der Geschichte Europas. Er sah wohl im Irminsul-Heiligtum der Sachsen das esoterische Zentrum, das den Widerstand des Volkes und seiner Führer gegen die neue Religion nährte. Als er es vernichtet hatte, mußte er zu seiner Überraschung feststellen, daß dadurch der Widerstand gegen die Bekehrung nicht kleiner, sondern größer geworden war. Da ergriff ihn blinde Wut. Nur aus dieser geblendeten Seele heraus war der Blutbefehl vom Jahre 782 möglich. Das war zehn Jahre nach der Zerstörung von Irminsul.«[6]

Im Jahr 1933 ging es wieder um einen Entscheidungskampf. Landtagswahlen im Januar in Lippe. Am 6. Januar Hitler in Horn, am 13. Goebbels am Hermannsdenkmal, die Wahlen am 15. Januar brachten dann den Durchbruch der NSDAP, um die Steine herum an die 50%. Der Rest ist Geschichte.

»Reichsführer SS. H. Himmler hatte mit tatkräftiger Hilfe eingegriffen und übernahm 1934 als Vorsitzender der Externsteinstiftung die Oberleitung der Umgestaltungs- und Ausgestaltungsaufgaben an der Weihestätte.«[12]

Vor allem diesem Herrn Himmler ist es wohl zu verdanken, daß Themen wie ›Geomantie‹ und Artverwandtes bis heute in der BRD kaum Interesse gefunden hat, denn ›es war Himmlers Hobby‹. Er beschäftigte sich mit der Erstellung einer Kraft-Linien-Karte des Reiches, er wollte die Kraft bestimmter Orte ausnutzen. So ließ er die Wewelsburg in der Nähe der Externsteine zum Herzzentrum der SS ausbauen. Die Gralsburg des SS-Staates.
Die Wandlung der Einstellung Himmlers und Konsorten gegenüber Karl & Sachsen ist bemerkenswert: hieß es in den Anfangsjahren ›Karl der Sachsenschlächter‹, so wurde dieser später als ›Gründer des 1. Reiches‹ rehabilitiert.
Über Irminsul gibt es zu viele Geschichten, als daß ich sie hier zitieren könnte. Es ist aber durchaus nicht auszuschlie-

ßen, daß dieser ›Lebensbaum‹ des alten Glaubens in der Tat an/auf den Externsteinen stand. Die Irminsul war das Herz des Alten Glaubens und lebt auch heute noch in Symbolen weiter.

Teufel und Räuber, Spieler und Händler

Während die Herrschaften der Kirche oder des Staates immer versuchten, Macht über/durch die Steine zu erlangen, tauchen in Geschichten bis heute immer wieder Ganoven und Außenseiter auf, die dort ihr Un-Wesen trieben und treiben. Der heute ›offizielle‹ Beschreiberling der Steine, Erich Kittel, redet von einer ›Phalanx der Schwarmgeister‹, die sich dort breit mache.

»Die Einsiedler, zu denen man wohl von Haus aus sehr handfeste, streitbare Männer auswählen mußte, die den Gefahren des unholden Platzes auch mit ungeistlichen Mitteln zu begegnen wußten, wurden zu Straßenräubern. Schlechte Versorgung durch Paderborn, wo zu jener Zeit ein Geist der Völlerei einerseits und der Unterdrückung der Unteren andererseits eingerissen war, und dabei die verführerische Gelegenheit, sich durch die Schätze der von Paderborn nach Hameln oder umgekehrt durchziehenden Kaufleute schadlos zu halten, dürfte die Mönche veranlaßt haben, diese Schande über sich und die altehrwürdige Kultstätte zu bringen.«[12]

»Der Blomberger Pastor Piderit schrieb z.B. 1627 in seinem Chronicon Comitatus Lippiae: ›Der Teufel konnte nicht leiden, daß etwas Gutes daselbst verrichtet würde; derowegen er sich unterstanden, mit Gewalt den Stein umzustoßen. Die Alten weiseten daselbst, an welchem Orte des Steines der Teufel es angefangen. Als nun der Teufel mit solchem Vornehmen nichts schaffen konnte, hat er die Geistlichen und Diener der Capellen zu allerhand Unordnung, Unzucht, Mord und Rauben beredet, denn sie den fremden Reisenden bei Tag und Nacht heimlich im Holze und Felde nachgefolget, das Ihrige abgenommen, auch oft ermordet und um das Leben gebracht.«[1]

»Auf keinen Fall rechtfertigen die im Mittelalter meist schlimmen Zustände an den Externsteinen und ihre kultische Ausnutzung die mehrfach auftauchende Meinung, sie wären früher ein berühmter christlicher Wallfahrtsort gewesen. Dazu fehlen nicht nur die unerläßlichen Voraussetzungen, sondern die tatsächlichen Verhältnisse lassen das Gegenteil vermuten, nämlich, daß der Ort um der dort spukenden bösen Geister willen gemieden war.«[12]

»Graf Simon Philipp verspielte am Hofe der Mediceer in Italien all sein Geld und Gut. Als er nichts mehr hatte, wollte man ihn veranlassen, wertvolle Steine oder Schmucksachen beim Spiele einzusetzen. Er antwortete: ›Ja, ich habe noch die berühmten Externsteine, mit weit und breit gerühmtem Bildwerk!‹ Darauf schoß man ihm große Summen vor und freute sich im voraus. Als man später aber Gesandte nach Lippe schickte, um die vermeintlichen Edelsteine abzuholen, und der Graf sie nach den bei Horn stehenden riesigen Pfändern führte, fanden sie doch, daß ihre Taschen für Kleinodien solcher Art viel zu klein waren.«[1]

»Nach einer Eingabe des Stadtrichters Heistermann zu Horn sollen die ›Steinkammern‹ des Externsteines zeitweise ›dem Amte Horn zur Aufbewahrung der Missetäter dienstbar‹ gewesen sein.«[1]

In der ›Grotte‹, dem Raum innerhalb der Steine, sind diverse Symbole zu sehen, die in Vorzeiten in die Wände eingeritzt wurden. Mehr darüber z.B. bei Prof. Wirth. Der Vollständigkeit halber hier noch zwei Meldungen aus der Ecke ›Sex on the rocks‹.

»Damit komme ich zu einer köstlichen Blüte, die aus der Gefängnis- und Galgentheorie entsprossen ist. Franz

Flaskamp-Wiedenbrück vermag uns heute genauesten Aufschluß zu geben, was einst den dort sitzenden Verbrecher veranlaßte oder dazu trieb, ausgerechnet etwas so Schauriges wie einen ›Galgen‹ in die Wand einzuarbeiten.
Der ›Meister‹ dieses Galgens hat sich offenbar anregen lassen, natürliche Punktreihen – miteinander zu verbinden und zu ergänzen. Das so geschaffene Werk mag ihm gefallen haben, wie überhaupt viele Menschen an schlechten und eigens schaurigen Vorstellungen sich sexuell ergötzen können.«[8]

10. in 6,60 m Höhe an Fels 4: der Irokese.

»Auch der Name des Falen-Gebietes ist geklärt. Es ist ›das uralte Land um den Pfahl, den Phallus, der durch die Reihe der Externsteinefelsen dargestellt wird, insbesondere durch den Felsen 2 in seiner ausgesprochenen Phallus-Gestalt. Dieser Pfahl hat dem Land ringsum den Namen Pfahlen, Phalen oder Falen gegeben. Die Menschen, die in seinem Bannbezirk nach Westen zu wohnen, heißen die Westfalen, die nach Osten hin die Ostfalen.«[9]

Eigenarten der Steine

Selbst wenn die Irminsul hier nicht gestanden haben sollte, bieten die Steine genügend Stoff zu abenteuerlichen Gedanken. Es scheint mir unglaublich, daß der Großteil der zigtausend Besucher jenes Platzes allen Ernstes davon ausgehen, daß sie es hier vorrangig mit einem christlichen Kunstwerk zu tun haben. In der Tat hat das Christentum seine Spuren hinterlassen. Dort, wo manche Forscher ein ursprünglich ›heidnisches‹ Kunstwerk vermuten, hat im 11. Jahrhundert ein großer christlicher Künstler ein Relief in den Stein geschlagen, das heute offizielle ›Wahrzeichen‹ der Externsteine.

»Das Relief ist die älteste deutsche Großplastik, die man bis jetzt gefunden hat. Es ist in seiner Art einzig dastehend. Nicht nur die Verwendung der überlebensgroßen Figuren in dynamisch bewegter Gestaltung, sondern auch der Entschluß, dieses Werk aus einem natürlichen Felsen herauszuhauen, zeugen von einer Originalität und Genialität seines Schöpfers, die ohne Beispiel dastehen.«[6]

Das Relief zeigt eine Kreuzabnahme. Deutungen gibt es viele in den entsprechenden Büchern nachzulesen. Bemerkenswert die zu einem Stuhl gebeugte Irminsul. Sollte da der Steinhauer doch noch ein kleines heidnisches Ei gelegt haben?
Aber es geht ja nicht nur um das Relief, die Steine bieten unendlich mehr. Zum Beispiel den Wackelstein.

»Hoch auf der Spitze des Felsens 4, rund 30 Meter über der Erde, liegt der Wackelstein. Es ist ein gewichtiger Felsblock, der besonders von der Brücke zur Gestirnbeobachtungskammer her einen nachhaltigen Eindruck auf den Besucher macht. Er liegt nämlich so sonderbar auf seiner Unterlage, daß er sie nur in zwei Punkten berührt. Kein Sturm, kein Orkan, keine Erderschütterung vermochten bisher, ihn zum Absturz zu bringen. so liegt er anscheinend seit urdenklichen Zeiten. Die Sage geht, wenn er wirklich einmal stürze, würde er die letzte lippische Prinzessin erschlagen. (...)

11. Die Kreuzesabnahme.

Zweifellos spielten die Wackelsteine eine besondere Rolle bei der Ausbildung und Einweihung des Priesternachwuchses. Eindrucksvoll erscheint mir die Vermutung, daß sie möglicherweise okkulten Zwecken dienten – beispielsweise durch Eingeweihte ohne Zuhilfenahme technischer Mittel bewegt werden konnten.«[3]

Nun hat man erstmals vor über 100 Jahren den Stein mit einer Klammer befestigt, letzthin ist diese Vorrichtung nochmals recht ungeschickt erneuert worden. Vom Schicksal der letzten lippischen Prinzessin weiß ich nichts, wohl aber kann ich von folgender Sage berichten:

»Als man daranging, das Felsstück festzuklammern, das drohend auf dem vierten Felsen der Externsteine liegt, und die Maurer mit Hämmern und Eisen zu klopfen anfingen, da kam vom Walde her ein heftiges Brausen, das wie Sturmwind und Wagengerassel lautete, fuhr durch die Baumkronen und gerade auf den Stein los, an dem die Leute arbeiteten. Vor Schreck konnten sie kein Glied rühren, sie hörten aus dem Sturm die gellend scharfen Worte: ›Was habt ihr bei meinem Stein zu tun?‹ Unten auf dem Erdboden hatte man von dem allen nichts vernommen. Es waren die Zwerge aus dem Spellerberge, vom Bielstein und Hohlenstein, die im Irrlichtschein mit Sturmgebraus durch die Lüfte gezogen kamen.«[6]

Aber eigentlich geht es bei den Steinen um etwas anderes, nämlich das Loch in der Wand. Im Felsen zwei befindet sich hoch oben eine Kammer, die zwar teilweise zerstört ist, aber in einer noch stehenden Felsenwand befindet sich ein rundes ›Fenster‹.

»Es ist nur zu dem Zweck durch die Felsenwand hindurchgemeißelt worden, um den Aufgang des Mittwinter-Vollmondes und der Sonnenscheibe am Sommer-Sonnenwendtag beobachten zu können.«[3]

»Die ermittelte Achse deckt sich mit der Sommer-Sonnenwend-Ortung, d.h. sie weist durch den Mittelpunkt des Rundfensters zu der Stelle des Gesichtskreises, an der die Sonne am längsten Tage des Jahres aufgeht. Es wäre ein sonderbarer Zufall, wenn diese beiden Linien sozusagen: absichtslos zusammenfielen. Aber es kommt dazu, was jeden Zufall ausschließt: daß sie die Mitte des Rundfensters treffen und in ihrer Verlängerung zu dem (sogenannten Irminsul)-Klotze auf der Spitze des Felsens und zu dem Aschenschachte vor der Trockenmauer führen. Alle diese Punkte sind von Menschen geschaffen oder bearbeitet worden, und es kann demnach nicht zweifelhaft sein, daß sie absichtlich in dieser Weise aneinandergereiht seien.
Es fragt sich nun, zu welchem Zwecke dies geschah. Für eine Sonnenbeobachtung im wissenschaftlichen Sinne brauchte es keinen so umständlich hergerichteten Platz. Aus dem alten Norden sind Sonnenmarken bekannt, die dartun, wie man sich für den praktischen Gebrauch mit einfachen Steinsetzungen zu behelfen wußte. Die Astronomen sprechen von einer Ortung auf die Sonnenwende.

Aber nicht nur die Sonne scheint zu einem bestimmten Zeitpunkt mitten durchs Loch, im Winter ist es der Mond

»Ein Student, Gustav Otto von Bennigsen, hatte ›durch die gegen Morgen gewendete Öffnung über dem Heidenaltar hier oben auf dem Externstein‹ den Mondaufgang beobachtet und meinte, den ›wahrscheinlichen Hauptsitz des teutschen Lichtdienstes‹ entdeckt zu haben. Sein Eintrag in das Fremdenbuch, datiert ›Externstein, den 3ten August Morgens 12½ Uhr 18**23**‹ ward in dem Fürstlich Lippischen Intelligenzblatt Nr. 34 vom **23**.8.19**23** veröffentlicht.«[1]

Klingt das mysteriös? Nun, auf zu den Mysterien dieser Stätte! Da ist zum Beispiel ein in den Felsen gehauener Liegeplatz, der Sarg. Ich habs ausprobiert, man paßt genau hinein.

»Der Sargstein hat in Verbindung mit weiteren Anlagen gestanden, die tief unter der heutigen Erdoberfläche lagen. Vom Steinsarg aus führen nämlich breite Steinstufen in die Tiefe, die 1934 teilweise freigelegt, nach 1945 aber wieder verdeckt wurden. Da man sie aber mit so viel Mühe und Arbeit aus dem anstehenden Fels herausgehauen hat, mußten Handlungen laufen, die aus der Tiefe heraus zum Steinsarg hinaufführten. Es ist aber bereits mit Sicherheit anzunehmen, daß sie in Verbindung mit dem Mondkult standen, worauf der Charakter der gesamten Externsteinanlagen verweist, daß sie

– Weihezeremonien erforderten, die sich wenigstens zum Teil im Steinsarg vollzogen, vielleicht gerade dadurch angedeutet, daß der darin Liegende die Blickrichtung zum aufgehenden Mittwinter-Vollmond hatte, und daß

– die Person, die im Steinsarg zu liegen hatte, dort einem Einweihungsakt unterlag, der mit Sicherheit in einem Tiefschlaf bestand. Untersuchungen aus der unteren Grotte des Felsens 1 heraus haben ergeben, daß akustische Signale von dort bewirken konnten, daß der im Einweihungs-Tiefschlaf Liegende geweckt werden konnte.«[3]

Oder wie wäre es mit folgender Variante?

»Anscheinend fand an den Externsteinen über Jahrtausende hinweg eine spirituelle Sukzession statt. Die Leitung blieb, die Völker wechselten. Hierin lag ja auch die umfassende Bedeutung des Heiligtums.

›In der vorchristlichen Einweihung wurde der Einzuweihende durch dreieinhalb Tage von dem, der das verstand, in einen todähnlichen Zustand gebracht. Entweder wurde er in eine Art kleinen Gemaches gelegt, in eine Art Grab; da ruhte er in einem Zustand des Todesschlafes. Oder aber er wurde in einer besonderen Lage an ein Kreuz gebunden mit ausgestreckten Händen; denn das fördert das Eintreten jenes Zustandes, den man erzielen wollte‹ (Rudolf Steiner: Vortrag vom 19.6.1908).

Die volle Einweihung fand an den Externsteinen am Kreuz statt. Die Einweihung im Sarg dagegen scheint nur die Trauminspiration umfaßt zu haben.«[6]

Oder diese?

»Der Brauch der Sarglegung führt uns weit zurück in die Zeiten der mittelalterlichen und vormittelalterlichen Bauhütten. Er gehörte auch zum Ritual der von den Bauhütten beeinflußten, um 1700 in England entstandenen Logen, wenngleich ein unmittelbarer Zusammenhang zwischen dem germanisch-völkischen Brauch und dem der international entwickelten Logen nicht angenommen werden kann, auch deswegen nicht, weil die Sarglegung an den Externsteinen, wie die abgenutzten Flächen zeigen, eine Weihe war, der sich Tausende, vielleicht alle Wallfahrer der germanischen Zeit, unterzogen, während es sich in den Logen nur um den Aufstieg Einzelner in einen höheren Grad handelt. In germanischer Zeit waren die Wissenden und die Hüter der Weistümer vor allem in den Bauhütten zu finden.[5]

Es wird immer mysteriöser

So wurde z.B. bei den Ausgrabungen eine Münze gefunden:

»Wie Seitz überzeugend nachwies, handelte es sich um die Darstellung eines keltischen Priesters (Druiden) in segnender Haltung, mit umgeschlagenem Tuch. Die sogenannten Hörner sind die hinter dem Kopf sichtbar werdenden Enden der Mondsichel. Vergleicht man das Münzbild mit dem im oberen Dreieck des Göttersteines sichtbaren Priesterkopf mit Mondsichel, dann ist die Ähnlichkeit der beiden Bilder unbestreitbar.
Der Fund dieser Münze beweist zumindest einmal, daß an die Externsteine Personen kamen, die mit Kelten Berührung hatten.«[6]

Die Bücher von Langewiesche, Machalett, Wirth und Gsänger bieten eine Fülle von Mythen, die sich auf die Externsteine beziehen.
Laut Langewiesche[13] stammen alle Urmythen dieser Welt von hier. Heißt sein Werk doch auch ›Die Externsteine als Schauplatz der Weltmythen.‹ Nicht nur, daß die Edda auf diese Steine hinweise, nein, auch das Alte Testament, die Ilias, alte Mythen aus China, Australien, Polynesien, Afrika, Amerika – you name it. Im Anfang waren die Externsteine...
Ein wahrer Externsteinforscher unserer Zeit wird um die Schriften von Prof. Wirth nicht herumkommen. Da sie nicht leicht eingängig sind, lasse ich sie hier fort und wende mich seinem Zeitgenossen Machalett zu.

»Die Externsteine waren ›das mathematisch-geographische, kultische, kulturelle und wahrscheinlich auch politische Zentrum des Abendlandes in der Vor- und Frühzeit‹. Es handelt sich hier um den ›Ballungsort für Weihgesandtschaften aus allen Richtungen, um die Schulungs- und Weihestätten und das Wallfahrtsziel der Berufenen der abendländischen Welt, um die Urheimat aller Göttergeschlechter zwischen Ural und Atlantik, zwischen dem nördlichen Eismeer und der unter dem Sand des nordafrikanischen Raumes liegenden frühen mediterranen Kultur.‹ ›Das gesamte Abendland ist und war seit uralter Zeit eine geschlossene Einheit, deren geographischer Mittelpunkt die Externsteine im Teutoburger Wald bilden und deren Peripherie u.a. über die Fixpunkte Uralgebirge/Cheopspyramide/Salvage-Inselgruppe der Kanaren läuft.‹ ›Die Priesterschaft des gesamten Siedlungsbereiches der weißen Rasse verwaltete ein außerordentlich hohes kosmisches Wissen...‹ ›Das gewaltigste Beispiel für dieses Wissen ist das Wissen um die von mir wiederentdeckte und wieder konstruierte ›Externstein-Pyramide‹.«[9]

Also auch er einer von jenen, die die absolute Wahrheit für sich gepachtet haben. Wenn auch Custo von der ›Kosmi-

schen Oktave‹ nach kurzem Durchblättern des Externstein-Buches von Machalett bemerkt: »Auf einer Seite gleich drei Rechenfehler sind ein bißchen viel.«
Der Machalett-Freundeskreis trifft sich auch nach dem Tode des Initiators jährlich im Mai in Horn. Es handelt sich dabei um eine recht lockere Verbindung von Menschen, die sich um die Steine und ähnliche Phänomene kümmern. Viele sehr alte Leute (»Wir sind zwischen 60 und tot«, bemerkte der Vorsitzende im Jahr '86), viele Menschen mit für mich arg obskuren Fake-Theorien, denen man aber eine gewisse Toleranz anderen Fakern gegenüber nicht absprechen kann.
Auf seine Art seriöser ist da Rudolf Steiner, der in dem Buch von Gsänger ausführlich zitiert wird und die Steine auf die ihm eigene Art interpretiert hat:

»Es gehört zu den wichtigsten Forschungsergebnissen Rudolf Steiners, daß er als inneren Sinn des geschichtlichen Werdens die Fortentwicklung des menschlichen Bewußtseins entdeckte. Wer davon ausgeht, daß die Menschen zu allen Zeiten dasselbe Bewußtsein hatten, wird nie zu einem wirklichen Verständnis des historischen Werdens vorstoßen können. Vor allen Dingen wird er nie begreifen können, was die antiken Völker eigentlich mit ihren Mysterienstätten gewollt haben. Auch für den germanischen Raum muß man zugeben, daß gewisse Bräuche und Kulte unerklärlich bleiben, wenn man nicht ein andersartiges Bewußtsein, eine völlig andersgeartete Seelenverfassung annimmt. Das Andersartige lag in der Fähigkeit, gewisse Regionen der hinter der physischen Welt liegenden geistigen Welt schauend zu erleben. Was man da schaute, schlug sich in unzähligen Geschichten von Naturgeistern usw. nieder. Es handelt sich dabei nicht um phantasievolle Erfindungen des Volkes, sondern um Rudimente eines sehr alten Hellsehens. Was die alten Völker über ihre Götter erzählten, war der Inhalt eines vorausgegangenen Schauens. Erst mit dem heraufziehenden Intellekt kam Unsicherheit in die religiösen Überlieferungen. Die nordische

Sagenwelt ist überreich an Gestalten, die das Merkmal der unmittelbaren geistigen Beobachtung an sich tragen.
Die Germanen glaubten nicht an ihre Götter, Riesen, Zwerge – sie sahen sie noch. Dann versiegte die Gabe des alten Hellsehens. Der Mensch konnte sich mit seinem Bewußtsein nicht mehr zu den alten Göttern erheben. Zurück blieben korrumpierte Reste der alten Hellsichtigkeit in Form von Ahnungen, Wahrträumen u.a. Herauf zog die Welt des Sinnenbewußtseins, des Verstandes. In die untergehende Welt der alten Gottverbundenheit drang das Christentum als neuer Impuls ein. Es trat an die Stelle des Alten, zum Teil mit Verständnis, oft aber ohne Verständnis der heidnischen Seelenverfassung. (...)

Von allen Mysterienstätten Europas war die an den Externsteinen die älteste und ehrwürdigste. Sie war schon tätig, als in Griechenland noch alles im Dunkel lag. Unter ihrem Einfluß entwickelten die Völker Mittel- und Nordeuropas hohe Eigenschaften, die aber auch gewisse Gefahren in sich bargen. Sie waren so geartet, daß sie leicht die Beute fremder Mächte werden konnten. Jene konnten sich dieser selbstlosen Tugenden oft bemächtigen und dadurch die mitteleuropäischen Völker von ihrer eigentlichen Mission entfernen. Diese bestand darin, daß sie sich in ihrem Ich zu erfassen lernten, daß sie nicht fremden, sondern eigenen Direktiven folgten. In dieser Schwierigkeit leben die Deutschen ja auch heute noch. Sie haben noch immer nicht begriffen, was ihnen Fichte schon 1808 sagte: ›Dies sei die eigentliche Bestimmung des Menschengeschlechtes auf der Erde, sagte ich..., daß es mit Freiheit sich zu dem mache, was es eigentlich ursprünglich ist.« (...)

Die Externsteine bargen die geistigen Führer Nordeuropas durch lange Zeit hindurch. Hier fanden diese Führer Zugang zu ihren Göttern. Die Erkenntnis der wahren geistigen Hintergründe der Vorgänge an den Steinen wird auch dazu beitragen, den unnützen Streit um sie zu beenden.

Was schon das Relief enthüllte und die religionsgeschichtlichen Untersuchungen zeigten, gipfelt letzten Endes in der Erkenntnis, daß hier eine der bedeutsamsten Erziehungsstätten der Menschheit durch lange Zeiten im Dienste der nordeuropäischen Entwicklung tätig war. Hier schlug das Herz Mitteleuropas. Als dieses Herz zu schlagen aufhörte, war eine neue Weltenstunde für Europa angebrochen. Das zu verstehen ist4 auch für die Gegenwart von Bedeutung. Denn dasjenige, was an den Externsteinen aufhörte, hat in anderer Form seine Fortsetzung gesucht in der deutschen Mystik und schließlich im deutschen Idealismus.«[6]

Die zitierten Bücher

Die Reihenfolge sagt nichts über die Qualität der Bücher aus. Empfehlenswert die Nr. 4 und 6, der Rest je nach eigenen Interessen...

1 Hamkens, Kreek Haye – Der Externstein, seine Geschichte und Bedeutung. Vlg. d. Deutschen Hochschullehrer-Zeitung, Tübingen, 1971

2 Hammerbacher, Hans Wilhelm – Irminsul, das germanische Lebensbaum-Symbol in der Kulturgeschichte Europas. Orion-Heimreiter Vlg., Kiel, 1984

3 Machalett, Walther – Externsteine, das Zentrum des Abendlandes. Halonen Vlg., Maschen, 1970

4 Steinmann, Peter – Externsteine, Zeittafel. Eigenverlag, 1984, c/o Nonnengasse 5, 3577 Speckswinkel

5 Andree, Julius – Die Externsteine, eine germanische Kultstätte. Münster 1936

6 Gsänger, Hans – Die Externsteine, christliches Heiligtum oder germanische Kultstätte? Novalis Vlg., Schaffhausen, 4. Aufl. 1985

7 Löhnhof, Günther – Unruhe am Kulturdenkmal Externsteine. Mannus Vlg., 1976

8 Seitz, Ferdinand – Rätsel um die Externsteine. Hohe Warte Vlg., 1962

9 Kittel, Erich – Die Externsteine. Detmold, 1978

10 Langewiesche – 200.000 Jahre Menschheitsgeschichte Externsteine

11 Hakenkreuz über Lippe, ein Rückblick. Lippische Landesbibliothek, Ausstellungskatalog, 1983

12 Teudt, Wilhelm – Germanische Heiligtümer. Diederichs Vlg., Dresden, 1936

Nr. 5 und 12 sind als Reprint neu herausgegeben worden. Kontakt: ›Historische Faksimiles‹, Postfach 101420, 2800 Bremen.

2. Stein-Zeiten, Eckdaten der Steingeschichte

Ich habe die Geschichte der Externsteine in zwei Phasen aufgeteilt: einmal in die Zeit vor Karl dem Großen und zum zweiten in die Zeit danach.
Peter Steinmann hat eine Zeittafel zur Geistesgeschichte des ›Eccestan‹, des ›Mutterstein‹ nach Herman Wirth zusammengefaßt, die ich gekürzt übernehme. Die Zeit danach habe ich aus verschiedenen Quellen zusammengeschrieben.
Herman Wirth hat sein langes Leben lang (1885-1981) mit der Erforschung von Ur-Symbolen und Plätzen wie den Externsteinen verbracht. Trotz vieler umstrittener Thesen ist es doch auch sein Verdienst, daß sich heute wieder mehr Menschen tiefer mit den Steinen beschäftigen. Seine Sprache war sehr eigen, seine Bücher sind nicht leicht zu lesen, aber doch sehr anregend.

»13.000 bis 10.000 v. Ztr. Eisabschmelzzeit. Übergang zur mittleren Steinzeit. In der norddeutschen Tundra stehen die Externsteine mit dem Naturgebilde des ›Kreuzgottes‹ (am heutigen vierten Felsen).
4. bis 3. Jahrtausend v. Ztr. Entstehung der atlantisch-europäischen Megalith-Großsteingräber-Kultur, Sippengrabhäuser des jungsteinzeitlichen Ackerbauzeitalters: Religion von den beiden heiligen Mächten ›Himmel-Vater‹ und ›Erden-Mutter‹, dem Welt- und Jahrgott, mit dem Heilbringermythos vom Sohn des Himmels und der Erde, dem Herrn der Göttlichen Allordnung und seinem ›Jahrgang‹-Mythos. Wiedergeburtsglaube. Die zentral-europäische Kultstätte der abendländischen Megalithreligion war der *Acca (Ecce)stan* ›Mutterstein‹ mit dem Naturgebilde des ›Kreuzgottes‹.
Um 2.000 v. Ztr. Einbruch der Streitaxtvölker aus dem südosteuropäischen Großsteingräber-Kulturkreis. Der Asen-Wanen-Krieg der Edda. Ermordung und Verbrennung der Seherin der Halle Hars (Externsteine). Auswanderung ingwäonischer Bauernsippen aus Nordwestdeutschland und Dänemark mit ihren ›Müttern‹.

Anfang 1. Jahrtausend v. Ztr. ›Italiker‹ am ›Eccestan‹, als Verehrer der *Mania Acca* ›Seelenmutter‹.
19 n. Ztr. Vernichtung von drei Elitelegionen der römischen Invasion durch die Germanen unter Führung von Arminus im Teutoburger Wald-Raum.
69 n. Ztr. Ende der fehlgeschlagenen linksrheinischen Germanen-Erhebung gegen Rom, deren Treibkraft die Brukturer-Seherin Weleda vom Eccestan war. Die Bataver kündigten den germanischen ›Weibern‹ die weitere Gefolgschaft, um römische Untertanen zu bleiben.
3. bis 4. Jh. n. Ztr. Eroberung des ingwäonischen Gebietes links der Weser und des Eccestan durch die Sachsen, mit Thunaer-Kult des Volkes und Wodan-Kult des Adels. Die Externsteine nur noch Kultstätte altgläubiger Volkskreise. Die ›Mütter‹ ihrer öffentlich rechtlichen Stellung enthoben. Ab Wende 6.-7. Jh. n. Ztr. iroschottische Wandermission im deutschen Raum. Der schottische Bischof Clemens predigt den kosmischen Christus vom Eccestan. Bonifatius alarmiert 745 deswegen Papst Zacharias in Rom.
772 bis 804 n. Ztr. Die Sachsenkriege des Frankenkönigs Karl. Das römische Christentum eingeführt. Todesstrafe für ›Verharren im Heidentum‹!

Die Externsteine in »christlicher« Zeit

Nach anderen Quellen zerstört Karl der Große 772 die Irminsul, den Lebensbaum der Germanen, der an (oder auf) den Steinen gestanden habe. Nach dem Ende der Sachsenkriege wird der alte Glaube im Untergrund weitergepflegt.

1093 werden die Externsteine vom Kloster Addinghof gekauft. In der Folgezeit entsteht das Relief der Kreuzesabnahme.
1113 wird die Grotte in den Steinen zur Kapelle geweiht.
1394 Für ein Maifest werden Eier an die Steine gebracht. Rechnung liegt noch vor.

1469 Klausner Jakob hat ›de Clus tom Egesterensteyne‹ verlassen und verwüstet hinterlassen. Ein ›arm quad, vertwyvelt Mynche‹ hat kurz davor die Fenster zerschlagen, das Blei geklaut und die Heiligen entblößt.

1473 werden an dem Stein Schiedssprüche gefällt.

1659 Versuch, die Steine nach Florenz zu verkaufen. Fehlschlag. Statt dessen läßt sich Graf Hermann Adolf einen ›Lustplatz‹ bauen, der allerdings bald nach seinem Tod wieder verfällt.

1810 interessiert man sich wieder verstärkt für die Vergangenheit und macht die Steine wieder besteigbar.

1823 kommt ein Student vorbei und erkennt durch Beobachtung des ›Loches‹, daß es sich hier um den ›Hauptsitz des deutschen Lichtdienstes‹ handelt. Zu jener Zeit ließ Fürstin Pauline den ganzen Platz säubern; der Wackelstein wird mit Klammern befestigt. Zwischen Felsen 3 und 4 wird ein Durchbruch für eine Straße geschaffen, der späteren Bundesstraße Nr. 1.

1836 Durch einen Damm wird der See angelegt.

1904 berichtet ein E. A. Müller folgendes: »Ich erinnere mich von vor sechzig Jahren, aus frühester Kindheit Tagen, daß es unter den Mitgliedern einer uralten ›Wehrenverbindung‹ heimatlicher Höfe Brauch war, zu Johanni die weite, tagelang dauernde Fahrt nach jenen alten ›Heiligen Steinen‹ zu unternehmen, um dort mit dem Sonnenaufgange ›das Fest der Sonnenwende‹ zu feiern und wir Kinder wurden mitgenommen, um diesen Brauch in der ›Überlieferung auf kommende Geschlechter‹ wach zu erhalten.«

1905 Nun fährt sogar die elektrische Straßenbahn Paderborn-Detmold durch die Steine. Durch den Anschluß ans Verkehrsnetz nimmt auch die Besucherschar zu.

1933 werden die Externsteine zum ›Nationaldenkmal‹ erhoben.

1934 fängt Andree mit seinen Ausgrabungsarbeiten an, die aber nicht viel ergeben.

12. Julfeier der SS, 1936.

1938 findet an den Steinen eine ›feierliche Vereidigung von neuen SS-Bewerbern‹ statt, die dann in der Kristallnacht in den umliegenden Ortschaften Schandtaten begehen.

1948 werden Funde der Ausgrabungen entfernt und vernichtet. Dazu gehören zwei Trockenmauern, ein Steintisch, ein Brunnenschacht und ein eiförmiges Oval aus weißem Sand; alles Hinweise auf eine ältere Nutzung der Steine.

1953 *wird der Stausee wiederhergestellt.*
1955 »Von unbekannt gebliebenen Tätern wurden in der Nacht zum 12. Januar die Gestalten der Kreuzabnahme geschwärzt, die angebliche geknickte Irminsul versilbert, neben die von der Schwärzung verschonte Drachendarstellung das Wort ›Siegfried!!!‹ geschrieben und an anderer Stelle noch ›Deutschland erwacht‹ neben einem aufgerichteten ›Irminsul‹-Symbol angebracht.«[9]
1971 »In der Nacht zum 6.12.1971 hat verbrecherischer Fanatismus erneut gegen das Relief gewütet. Stark beschädigt wurde die Hand Gottes.«[9]

Soweit Geschichtszahlen wie sie aufzufinden waren. Im Staatsarchiv Detmold wurde mir auf meine Frage, ob es denn irgendwelche Informationen über Aktivitäten an den Steinen in den vergangenen 40 Jahren gäbe, geantwortet: »Nein, wir wissen da nichts. Aber fragen Sie doch einmal im Kommissariat 14 der Polizei in Bielefeld nach.«

3. Reisebüro für geistige Ausflüge

Zur Schulzeit haben wir damals einen Ausflug an die Externsteine gemacht, wie wohl alle Klassen in Ost- und Westfalen. Interessiert hat das aber wohl keinen: ein Haufen mächtiger Steine in der Gegend, an die so'n Mönch im Mittelalter ein Relief gehämmert hat. Na und?

Der Schule & ähnlichen Unterdrückern entkommen, machten sich Ende der 60er überall auf der Welt Menschen auf den Weg. Ziele waren z.B. Heilige Plätze der Indianer, der Inder, Japaner und anderer Exoten. Reisefaul wie ich bin, suchte und fand ich entsprechende Plätze in England, vor allem Glastonbury, dort wo König Arthur im Dunklen Zeitalter spurlos verschwand...

Das ›Tor‹, der Hügel mit dem Turm im flachen englischen Westen übte und übt noch heute eine starke Faszination auf mich aus. Kein Wunder: hab ich doch bei meinem ersten Besuch dort am 3. Fastentag ein 4-blättriges und ein 5-blättriges Kleeblatt gefunden – als ich gerade in entsprechenden Papieren über die Geheimnisse von mehrblättrigen Kleeblättern las. Pure Magic.

Heute komme ich nicht mehr so häufig dorthin. Aber allein das Wissen um die Existenz eines solchen Platzes bereitet mir eine große innere Freude. Inzwischen hab ich auch Plätze gefunden, die geografisch näher liegen und ähnliche Funktionen erfüllen. Dazu gehören auch die Externsteine. ›Ja, da haben wir mal einen Schulausflug hingemacht‹, wußte ich dann auch nur unseren indianischen Besuchern aus Hopi-Land zu sagen, als sie Anfang der 70er zu uns zu Besuch kamen und nach den Steinen fragten. Diese traditionellen Indianer waren dort gewesen und hatten für sie (und uns?) Wichtiges entdeckt. Was?

Nun, die meisten Menschen, die dort mit einem offenen Bewußtsein und zur ›richtigen Zeit‹ diesen Platz besuchen, werden dort Bemerkenswertes erleben. Es ist ein rätselhafter Ort. Richtig geistig präpariert wird man in eine andere Raum/Zeit versetzt. Die Steine sind so herrlich groß, daß jeder dazu animiert ist, seinen eigenen Projektionen freien Lauf zu lassen. So viele Menschen, die von ›meinen Steinen‹ reden und dabei sogar recht haben. Es ist ein Reisebüro für geistige Ausflugfahrten in verschiedenste Parallelwelten. Manche besuchen dort die Altvorderen, andere kontaktieren die Pyramiden oder versuchen verirrte Geister auf den richtigen Weg zu führen. Nicht zu vergessen jene Zeitgenossen, die sich hier mittels psychedelischer Substanzen selbst programmieren.

Das klingt wirr? Nun denn, so ein Platz sorgt auch für Verwirrung. Als erstmaliger Besucher wird der zu neuen Ufern aufgebrochene New Age'ler schon tief durchatmen, wenn er, endlich am Ziel, vor den Steinen steht und ihm Eintritt abverlangt wird. Eintritt zu heiligen Plätzen? Kein Witz, sondern ein typisch christkirchlicher Versuch, heidnische Plätze noch heute zu melken. Nein, die Kirche bekommt das

Geld nicht, es ist ein Lipp'scher Landesverband etc., der nach Aussagen unseres Informanten jährlich 3.000.000 DM einsäckelt. Hunderte von westfälischen Müttervereinen erklimmen in Begleitung des Pfarrers jährlich den steinernen Phallus und lassen sich glauben machen, daß es nur um das christliche Relief geht. Tagsüber können einem die Steine leid tun, wie werden sie doch ausgebeutet und getreten. doch wenn das Kassenhäuschen geschlossen hat und die letzten Hundeherrchen und -frauchen ihre Lieblinge haben ausscheißen lassen, dann wird es ruhig an den Steinen, dann scheint sich so manchmal ein kosmischer Schichtwechsel zu vollziehen, dann kommt häufig das Gefühl, in der Tat zur richtigen Zeit am richtigen Ort zu sein.

Ein Platz der Dämmerung und der Dunkelheit dort, wo man vormals das Zentrum des ›deutschen Lichtdienstes‹ vermutete. Eine Kerze zu Mitternacht kann dort erhellender wirken, als die strahlende Mittagssonne.

Vormals war dies ein Platz, an dem es disziplinierte Auftritte gab; so wurden hier SS-ler vereidigt. Auch heute noch soll es zu bestimmten Zeiten noch zu Aufmärschen der Ewiggestrigen kommen (sind es doch auch ›ihre Steine‹). Ich glaube kaum, daß sich heute an solchen Plätzen im Gleichschritt viel erreichen läßt, eher sind es stumme Boten für Suchende mit dritten Augen und Ohren. Natürlich geben die Steine auch für zwei Augen schon viel her, aber ihre wahre Qualität steckt wohl hinter der Fassade.

»Dabei kann es sich allerdings herausstellen, daß diese Wahrheit erst im geistigen Felde gefunden werden muß, bevor ihre physischen Spuren zu verstehen sind. Wann sprechen die stummen Steine wieder zum Menschen? Heute sprechen sie nur zum Unterbewußtsein.«

Das zumindest meint Hans Gsänger dazu.

Herr Kittel, dessen Broschüre über die Externsteine das – mangelhafte – Grundwissen der meisten Fremdenführer und Müttervereins-Pfarrer ist, ist empört über die Schwarmgeister, die sich an den Steinen herumtreiben. Ein ›Schwarmgeist‹ ist wahrscheinlich jemand, der dort keinen Eintritt zahlt. Berichte von vielen Leuten lassen darauf schließen, daß es um die Steine herum in der Tat von verwirrten Geistern wimmelt, die sich in die Biocomputer und Gemüter von desorientierten Besuchern ein-hacken.

Diese Steine sind aber auch ein Anziehungspunkt für heidnische Dilettanten. Da uns jegliche Überlieferung der spirituellen Art wie vergleichsweise bei den Indianern fehlt, versuchen immer mehr junge Menschen, ihren eigenen, selbsterarbeiteten heidnischen Weg zu gehen, vielleicht Wurzeln für eine neue Erdreligion zu schlagen; mag es doch besser sein, als die alten germanischen Götter wieder zur Dämmerung zu reaktivieren. Wie meint der entrüstete Germano-Freak auf Felsen 4: ›Dilettanten ist kein guter Name‹. Nun, Herr Hamlens, der ein dickes Buch über die Externsteine geschrieben hat, gebraucht auch den Ausdruck Dilettanten, zitier ich ihn doch einfach: »Es ist ratsam, mit der Bezeichnung jemandes als eines Dilettanten zurückzuhalten. Denn wo dieses Wort gebraucht wird, da soll es herabsetzen und zugleich, – unausgesprochen –, dem also Urteilenden den Lorbeer eines Wissenschafters strengster Observanz zuerkennen. Deshalb sei noch gesagt, was oft übersehen oder vergessen wird: Dilettant kommt von ital. ›dilettere‹, das auf lat. ›delectare‹ führt. ›Die Dinge lieben‹, übersetzte Jakob Burckhardt es. Ein Dilettant treibt also eine Sache um ihrer selbst willen, aus Liebe zu ihr, wogegen die Nicht-Dilettanten sie von Amtes oder Berufes wegen tun müssen, – was Schopenhauer veranlaßte, zu schreiben: ›Dilettanten! Dilettanten! – so werden die, welche eine Wissenschaft oder Kust, aus Liebe zu ihr und Freude an ihr, per il loro diletto, treiben, mit Geringschätzung genannt von Denen, die sich des Gewinnes halber darauf gelegt haben.‹«

Völlig losgelöst von der herkömmlichen Externstein-Geschichtsschreibung fällt es dem dilettantischen Schreiberling nun auch nicht schwer, die Theorie Langwiesches, daß alle Mythen der Weltreligionen ihren Ursprung an diesen Steinen haben, weiter zu führen. Ich sage nur: Rock-Musik.

Man denke nur an diese Kulturmutanten, die ›Rolling Stones‹, ein Ausdruck für eine zeitgerechte Dimension der ›Steine‹: die Bewegung. ›Laßt uns sein wie rollende Steine!‹ ruft uns Simon Vinkenoog zu. Like a rolling stone.

Dieser Stein-Zeit-Sender bietet, so scheint es, auch noch Botschaften für andere: die Psychedeliker. Woher kommt sonst der Ausdruck ›to be stoned‹ im positiven Sinne für ›unter dem Einfluß (bio-)chemischer Substanzen zu sein‹? Extern Steine – intern stoned. Get it? Neben den Steinen wachsen Tollkirschen, über die Steine ranken sich allerlei Drogengeschichten. Naja, wo, wenn nicht gerade hier?

Das (geografische) Umfeld

Wenn man nicht gerade dort wohnt, kommt man wohl nicht häufig in die ostwestfälische Gegend. Wenn man schon einmal da ist und tagsüber darauf wartet, daß die Massen die Steine in Ruhe lassen, kann man sich zwischenzeitlich z.B. auf der naheliegenden Adlerwarte Berlebeck anschauen, wie Adler an Ketten gehalten werden: es reicht gerade zum Anflug des Abhebens, dann werden sie von ihrer Verbindung am Fuß zur Erde zurückgerissen. Angenehmer ist es da schon, vom Berg gegenüber die Adler im freien Flug zu beobachten: während der Fütterungszeiten. Es war wie im Traum, als wir eines Tages drei Adlern zusahen, wie sie sich immer höher schraubten um schließlich direkt in die Sonne zu fliegen… wir sahen sie nicht mehr zurückkommen. Trotz aller Faszination für Steine und Adler schwingt bei aller Freude über sie doch viel Schwermut mit: beiden ist Unrecht geschehen.

Dumpf kommt mir die Gegend häufig vor. Wie müssen sich da erst die Römer damals gefühlt haben, im teutoburgischen Nebel und Sumpf? Und wie erst die Insassen der KZs Buchenwald, Niedernhagen und Sachsenhausen, die an den Umbauten der Wewelsburg im Kreis Paderborn zum Gralszentrum der SS arbeiten mußten? (Siehe auch das umfang-

reiche buch: Wewelsburg 1933 bis 1945: SS Kult- und Terrorstätte, Bonifatius Vlg. Paderborn, 1982).

Ein weiterer Dämpfer der Gegend ist zweifellos das Hermannsdenkmal. Als vaterländisches Denk-mal überragt der Arm des Recken mit dem himmelwärts gestreckten Schwert die Höhen des Teutoburger Waldes. Wie notierte Goebbels 1933 in sein Tagebuch? »Hermannsdenkmal. Steht ganz im Nebel und wirkt so grandios. Massig und drohend. Wie ein gutes Denkmal und in der Idee fabelhaft. Trotzig gegen Frankreich. Das ist ja immer die Linie deutscher Politik gewesen...« *Auch heute droht des Hermann's Schwert noch gegen Franken-Land. Ist es Zufall, daß sich dieser Hermann in britischer Besatzungszone befindet? Die naheliegende Senne, eine ehemalige Kornkammer der Westfalen, ist großflächig britisches Militärgebiet. Da suhlen sich die Panzer mit Hermanns Schwert im Rücken.*

Wie erklärt man nun, daß der Hermann gar nicht Hermann hieß? Niemand weiß, wie er ursprünglich genannt wurde. Es ist lediglich sein späterer lateinischer Name bekannt: Arminius. »Mit diesem Problem haben sich schon viele Sprachforscher befaßt. Auf die verschiedenen Ableitungen sich einzulassen hat wenig Sinn, da sie alle an einer Klippe scheitern, die bereits 1935 von dem Germanisten Rudolf Meißner mit den Worten charakterisiert wurde: ›Das uns vorliegende Sprachmaterial gibt uns keine Möglichkeit, Arminius aus dem Lateinischen abzuleiten!‹ Wir stehen also vor einem Denkmal, das den berühmtesten germanischen Helden unter falschem Namen zeigt, eine verblüffende Tatsache!« *Diesen Hinweis verdanken wir Herrn Gsänger.*

An der Straße zwischen dem Denkmal und den Steinen findet man auch zum Freiluftmuseum alter Bauerngehöfte. Fast 20 alte Höfe sind dort wieder aufgebaut worden, nachdem sie an ihren jeweiligen Originalbauplätzen – aus welchen Gründen auch immer – abgerissen wurden. Alle Höfe umfassen jeweils mehrere Gebäude, und alles ist ›wie früher‹ eingerichtet.

Lokaltermin

Ich bin im Staatsarchiv Detmold und möchte wissen, was sich denn so in den vergangenen 40 Jahren an den Steinen ereignet hat, wer sie nutzt und welche Schlagzeilen sie den Zeitungen wert sind.

Nein, Zeitungen kann ich mir nicht ansehen. Sie sind »zu zerlesen und können der Öffentlichkeit nicht mehr zugänglich gemacht werden«. Nein, an den Externsteinen geschieht nichts, außer ab und zu ein paar Neonazis. Naja, zur Sonnenwende kommen immer ein paar Leute, Vorträge über die Steine sind (in Detmold) immer voll, egal worum es geht. Das sind die alten Teudt'ianer bzw. die späteren Rosenberger. Nein, es gibt keinerlei Hinweise auf eine vorgeschichtliche Nutzung. Das Loch in der Kapellenwand? Zufall.

Ist es da nicht auch Zufall, daß es anderen im Archiv schon ähnlich ging, sich zum Beispiel ein Herr Clostermeier vor vielen Jahren verwunderte, »daß, ungeachtet das Fürstlich Lippische Archiv bereits einen bedeutenden Vorrag an Urkunden aller Art aus dem fünfzehnten Jahrhundert besitzt, doch darunter, auch aus so neuer Zeit, nicht eine zu finden ist, welche den Eggesterenstein besonders beträfe, oder auch dessen nur zufälliger Weise erwähnte.«

Ein sehr netter junger Waldarbeiter weiß da schon mehr zu berichten. Das Sonnenwendfest sei am besten, wenn es regnen würde; er wäre dafür, daß bald bessere Absperrungen gebaut würden, damit die regelmäßigen Hakenkreuzschmierereien aufhören würden, und ab und an gäbe es auch Selbstmorde. Wie z.B. den von dem Herrn, der mit dem Taxi ankam, auf dem Stein seine Aktentasche aufmachte, den Strick rausholte und kurz drauf steif baumelte.

Die Liste der eigentümlichen Vorfälle ist lang.

Die Liste meiner Erlebnisse an den Steinen ist lang, das gäbe ein kleines Büchlein für sich. Ab und an bekomme ich dann auch Geschichten erzählt wie die vom Mark, der ›high‹ auf den Hohen Felsen meditierte und zum Runterkommen aufgefordert wurde. Nein, weder Förster noch Polizei konn-

ten ihn dazu bewegen, erst die Feuerwehr... der Vater vom Lutz erzählt z.B., wie er als junger Pfadfinder plötzlich den alten Forstmeister Fabricius auf einem Schimmel auf einem der Steine auftauchen sah... mir fallen auf Anhieb viele Augenblicke ein: als ich auf den Steinen schlief und morgens von einem Flötenspieler auf dem Nachbarstein traumhaft geweckt wurde... sommertags dann nach dem Aufwachen ein Bad im See... um die Steine herumschwimmen, mehr eigenartige Zeichen entdeckend und glauben: die sieht sonst niemand. Monate später, im Winter dann, führt genau an diesen Zeichen eine wundervolle Schlittschuhbahn vorbei... die beiden Jungs, die auf Anhieb nach Schulabschluß in die Welt hinausgefahren waren und die ich nächtens turtelnd nahe den Steinen fand, ohne daß sie gewußt hätten, was das denn für ein Ort sei. Nur: sie fühlten sich vom Platz angezogen und wunderten sich über die älteren Leute, die da im Morgengrauen mit Pendeln und Wünschelruten Unsichtbares suchten... oder die Nacht vor dem großen Umsonst-&Draußen-Festival, als kurz nach Mitternacht sogar auf mich geschossen wurde, als ich im Loch-Raum saß... was für ein Klang, Querschläger überm See...

Werner Pieper

Aber auch das gehört zu den Externsteinen: sie sind riesig, man fühlt sich entsprechend klein und unbedeutend. Sie werden noch stehen, wenn unsereins in geistigen Gefilden auf die nächste Inkarnation wartet.

Noch sind wir hier; und für jene, die den Steinen einmal einen Besuch abstatten wollen, zitiere ich im folgenden einen Anwohner, der sich seine Gedanken über Besucher gemacht hat:

13. Sommersonnenwende 1984: drei singende Nornen am Platz der Weleda.

Bewegte Zeiten an alten Stätten

von Peter Steinmann

Außer dem das ganze Jahr nicht nachlassenden Besucherstrom an diesem Natur- und Kult-Ur-Denkmal, mehrt sich seit einigen Jahren auch wieder die Anzahl derer, die aus einem für sie bestimmten Grund an diesen Ort kommen, sei es zur religiösen Ausübung oder auch nur auf der Suche nach neuen Werten und Erlebnissen. Das hinterläßt leider immer mehr sichtbare Spuren und bringt manchmal eine gewisse Unruhe mit sich, was ein wachsendes Unverständnis und sogar Verärgerung, nicht nur beim zuständigen Forstamt, auslöst.

In der langen Geschichte hier hat es wohl immer wieder kleine und größere Veränderungen an den Felsen gegeben. Trotzdem ist es nach wie vor schmerzhaft, zunehmend neue Zerstörungen aufzufinden. So mußte zum Beispiel der Steinkopf auf der Sonnenwarte vor kurzem seine Nase lassen. Für immer!

Wunderbar leuchten hier des Nachts aufgestellte Kerzen. Mit den Feuerstellen ist das auch so eine Sache. Wenn's unbedingt sein muß (verboten ist's sowieso), benutzt wenigstens die schon lange vorhandenen deutlich erkennbaren Stellen. Übel wird's natürlich, wenn das nötige Brennholz ausgerechnet von knorrigen Ästen alter Baumdenkmäler gebrochen wird! Sogar Frischholz ist schon für Zeltstangen geschlagen worden. Alles in allem sollte, wer es nicht fertigbringt, seinen Schlaf- oder Aufenthaltsort ohne erkennbare Spuren zu hinterlassen, zumindest auf angrenzende Nutzweiden oder Feldraine ausweichen. Jedem seinen Kult! Aber nehmt doch die dazu mitgebrachten Dinge wieder mit. Wer's noch nicht gemerkt hat: Die Externsteine gehören zu den Orten, wo Menschen sehr verschiedener Glaubens- und Anschauungshaltungen auf einander treffen. Bleibt nur zu hoffen, daß gelegentliche »Anmachen« sich nicht weiter ausbreiten. Jedem seinen Glauben und eigene Freude am Felsenwunder!

AMORIA (BRETAGNE): DIE STEINE SPRECHEN FÜR SICH

Wir waren mit ›irischen‹ Vorstellungen in die Bretagne gefahren, hatten mit dem Kind bretonische Sagen & Märchen gelesen und den entsprechenden Reisebüchern aus der Bibliothek geglaubt. Wir wurden enttäuscht.

Es ist alles da. Alte Stätten. Monumente. Steinalleen und Steinaltäre ... das, was wir suchten.
Vieles ist sogar wesentlich massiver, konzentrierter als in Irland, aber der ›Geist‹ dieser Dinge ist weg. Dieser Geist, der in Irland überlebt hat, lebt und gepflegt wird.

Das Land ist ausgelutscht, ausgesaugt, dies Land ist verhauen, plattgetrampelt, zermatscht, vermurkst, vermacht & vermarktet. Lückenlos. Keine ›Wildnisse‹ mehr – auch da, wo dies möglich wäre. Keine Kargheit, stattdessen aufgemöbelte Lieblichkeit (wie es schien, um jeden Preis und über alle Bedenken brutal). Eine Katastrophe.
Wir gaben in der Mitte auf. Sahen nur den Nordwesten und den Westen um Carnac.

Touristen in den Sommermonaten (den Winter kenne ich nicht), wie Ratten, wie Kakerlaken, Schmeißfliegen. Unflätiges, obszönes Geschenk der Todesgöttin an das Land. Der aufgebrochene Eiterpickel des Sommers aus Mehrsein-sehen-wollen (Wir sind besser/Wir leben angenehmer...), eilig dahinrasender Dummheit & Herrenmenschentum. Die Einheimischen weichen stumm aus. Kitsch kassiert. Busse wie fremde Raumschiffe. Transporter dieser Hefeteilchenrasse. Deutsche Männer schnallen Holzbeine ab, abends, in Hotels, wo man die Spülung der Nachbarn hört und sagen müde: »Etwas weiter oben haben wir gekämpft.« Reiseleiter führen mit braunem Lächeln in die Gaskammern übriggebliebener Sinne, zur Sommerschlacht, in Kodak-Trancen...

Nur im Landesinnern noch ein paar bäuerliche Cafés mit Kerlen im Blauen, ausgegangener Papier-mais im Maul, rote Erdbeernasen ... Rotwein und feuchte Wände.

Hier und da eine alte, vorromanische Kirchencrypta, für die es sich lohnt ...

Eines dieser Bücher über die Bretagne aus der Bibliothek schwärmte von einem See – YEUN ENEZ –, der nach der Sage und den Aussagen der Druiden der Eingang in die Unterwelt ist. Moorsee in karger Heidelandschaft (die einzige, die wir sahen). Wie ein dunkles Auge im Land. Das Wasser dunkelbraun, schwarz, ruhig.

Aber dies Buch verschwieg, daß unmittelbar an einem der Ufer ein »centre nuclear«, ein Atomkraftwerk steht.

In Verbindung mit der Sage um diesen See und den Sprüchen der Druiden, vielleicht eine ›sinnvolle‹ Einrichtung ...

Und wie eine Bestätigung gewisser Assoziationen: Am Uferstreifen – lichtes Gebäusch, kleine Bäumchen, kaum Sand – ein älterer Mann im Rollstuhl (Beine ab) in der Sonne. Neben sich eine Frau – nackt, fett, schamhaft ... – auf karierter Decke.

Die alten Dorfkerne umgeben, untergehend, in einer Flut neugebauten Einfamilienhausbeschiss. Die Grenze zum Edelkitsch. Rustikal aufgeblasene Scheißhäuser, die das Land um die Dorfkerne und die Territorien zwischen den Dörfern zerfetzen.

Zersiedelung.

Über diesen Teilen der Bretagne müßte ein großes, unübersehbares MERDE stehen.

Das alte, mystische Land der alten Völker, in dem sich geweihte Stätten und Zentren wie nirgendwo sonst häufen, verkauft an eine Bande ignoranter Konsumwixer.

Ich bin nicht informiert, aber wahrscheinlich kamen in der verflossenen Regierungsperiode ›Wahlgeschenke‹ aus Paris oder irgendwelche anderen Strategieauswüchse und gaben GRÜN für rigorose, wohlmöglich kräftig subventionierte oder anderweitig geförderte Bautätigkeit privater Anlieger. Wahrscheinlich unter dem sozialpolitisch wirkungsvollen Mäntelchen, der »armen Bretagne« helfen zu wollen und der »Notwendigkeit«, dieser Provinz finanzielle Spritzen verpassen zu müssen, wurde dem Mittelstand erlaubt, Land dort (natürlich billig) zu kaufen und die Gegend mit Wochenendluxus und den sterilen Ausflüssen blasierter Hirne zu zerfetzen.

Dazu kommt die Kleenex-Colabüchsen-Marlboro-Pollution an den Straßenrändern und den Wäldern. Dazu kommt die Pommes-Kitsch-Kirmes an den Küsten und in den Zentren.

Manche Ritualräume und -stätten: zugeschissen und verdreckt mit Papier- und Plastiktütenabfall.

Und alles überlaufen. Carnac, ein Inferno touristischen Spektakels. Fotos von den Steinalleen, von Grabhügeln, Dolmen, Menhiren usw., sind nur morgens um 4 oder abends nach Sonnenuntergang möglich. Vielleicht auch in den Wintermonaten über Tag?

Der permanente Geräuschpegel eines Campingplatztourismus.

Upfuck. Keine Lücke frei für Alleinsein, Ruhe, Andacht, für persönliche Rituale möglicherweise.

Hetze, Spektakel, Sensationsrummel, Zersetzung alter Substanz.

Es ist kein Witz, es ist pure, ignorante Anmaßung, daß glatte, schnelle Straßen die Steinalleen zerschneiden. Kühle, geldzählende Berechnung, die es möglich macht, Sensationsbedürfnisse und Konsum direkt aus dem Auto heraus zu befriedigen. Nicht mal einen Fuß auf die Erde setzen.

Und die Sensationen laufen weiter über den Kopf. NUR über den Kopf. Bei den meisten bestehen sie wahrscheinlich aus einer Mischung von Bewunderung vor dem, was ›diese Alten‹ geleistet haben und der Freude, solch ›schwere Zeiten‹ (primitive Zeiten) im Rücken, überwunden zu haben. Und dann schnell das Kind auf, die Frau vor einen dieser gigantischen Klötze gestellt und Kodak bereichert.

Der größte Tumulus (Grabhügel) Carnacs, künstlich angelegt, mit Kammern und Gangsystemen, Gräbern ... 120 m lang, 58 m breit, 10 m hoch, gekrönt, geschändet von einer christlichen Kapelle. Bewährte, imperialistische Strategie. Unmittelbar neben diesem Hügel: Hotel du Tumulus. Schwimmbad (»pool«), Bar. Eisbuden. Frittencontainer. Becks-Bier-sound, wenn der Wind die leeren Büchsen gegen alte Steine spült, die jemand in Ruhe ›wachsen‹ sehen möchte, aber nicht kann, weil hinter dem Stein, vor ihm ... T-shirts flanieren, ›Beach-Power‹, ›lonesome-nights‹ & ›disco le menhir‹ in roter Runenschrift. Oder Sprüche in Regenbogenfarben auf weißem Venyl wie: ›pamper me‹ & ›university of chicago‹. Sabbathfeier. Umzingelt.
Ich wünschte mir permanent und zähneknirschend kräftige Unwetter, ganze Batterien unaufhörlicher, gebündelter Blitze vom Gott der Wolken & Winde, die Brut der Hölle zu vertreiben. Ehrlich! Aber der hatte scheinbar auch schon resigniert.
Du beginnst an Schrotflinten zu denken und, wenn man sich da weitertreiben läßt, an voluminöse Mörser ...

Dennoch! Diese Anlagen, Steinalleen, Dolmen, Menhire und Grabhügel um Carnac, sie sind einzigartig in ihren Ausmaßen und der Konzentration auf ein relativ kleines Gebiet. Vor allem die Konzentration.
Du hast das Gefühl, jeder Meter Boden ist hier mit spirituellen Energien vollgepumpte Erde, wenn auch millionenfach geschändet von Abfällen und sensationsgeilen Augen und Hirnen.
Die Machtentfaltung der Priester-Druiden, Seher und heiligen Weiber muß hier zu entsprechenden Zeiten irre, grenzenlose Ausmaße angenommen haben.
Das spirituelle Potential muß diesen Boden mit Energien angereichert und auf ewig präpariert haben.

Warum diese westlichen Zipfel Europas? Irland, das ähnliche Plätze hat, nur unverbrauchter von diesem modern-brain-fall-out, unkastrierter, lebendiger, wesentlich wilder, mit wesentlich mehr Anarchie und zugleich mehr Kultur. England. Die Bretagne...
Warum diese Länder? Die Küsten vor allem.
Weil sie so nahe dem Großen Wasser, dem Mutterelement, dem Todes- und Wiedergeburtsbereich, so dicht am Westen, so dicht an der Zwischenzone zwischen Tag und Nacht?
Die Druiden fuhren ihre Toten auf Schiffen über die ›Bucht der Abgeschiedenen‹ auf die ›Ile des Saints‹, ein weit ins Meer vorgeschobenes Stückchen Land.
Der große Tumulus in Carnac hat einen künstlich gebrochenen Eingang zum Westen. Es gibt keine Hinweise in der angebotenen Literatur, daß jemals ein ›natürlicher‹ Zugang von Westen gewesen ist. Wohl eine Öffnung nach Osten. Ein Dolmen, von dem vermutet wird, daß er früher den Eingang bildete.
Der Hauptgang im Innern geht von der Mitte aus nach Westen.
Das ganze Gangsystem bildet ein Kreuz.
Je weiter man im Innern des Hügels nach Westen kommt, desto mehr nehmen die Grabfunde und zwar Waffen (Streitäxte, Beile usw.) zu. Schutz? Vorsichts- oder Versöhnungsmaßnahmen? Geschenke? Opfer? Wall gegen die dunklen Kräfte aus dem Westen? Gegen Wasser, Tod... Gegen das Fleisch und Seelen fressende Spektakel schwarzer Dämonen?

Splitter:

– Zwischen Ploemel und Carnac, Sumpfland im Wechsel mit Misch- und Pinienwäldern. Mir wird ein Traum deutlich, der Jahre zurückliegt. Kulisse dieses Traums: *genau* dieses Stück Land. Genau dieses Stück Landschaft zwischen den beiden Orten.

14. Die Steinreihen von Carnac.

Wie ein Aufschrei in mir: DAS KENNE ICH! Der Traum – damals. Und dieser Traum – an andere Einzelheiten erinnere ich mich nicht mehr – schien noch weiter, vor seine eigene Zeit zurückzugreifen. Diese Straße, in den Bildern des Traums war es ein Weg, ein schlammiger Pfad.
Ein ordentlicher Schock, so eine Landschaft zu erinnern. Zweimal zu erinnern. Einmal in diesem Traum die Zeit, das Land, vor den Traumbildern. Und jetzt, die Landschaft dieses Traums.
Ein Gefühl, als wäre dies, dies Erlebnis, der ›Grund für diese Reise gewesen.
– Samstagnacht. Ploemel. Auf dem Parkplatz zwischen Bahnhof und Kneipe, bretonische Ritterturniere. Hochgezüchtete Renner mit vergrößertem Auspuffpott röhren durch die Nacht. ›Dieser geile, fette sound‹. Die Mädchen mit aufgeregten, vom Alkohol angetörnten, übersteuerten Stimmen. Hysterische Lacher. Durchdrehende Hinterräder und das satte Gröhlen der Kumpels. Infernalische Orgie in Benzin und dem Geruch verbrennenden Gummis. Die ganze angestaute Wut der Woche gerät zur saturday-night-explosion. Ringsum die Fensterläden dicht und Stillehalten wie während des Krieges, bei Bomben- und Artillerieangriffen . . .
– Am Strand – keine Sonne – die Grau-in-Grau-Ästhetik aus Tod in Venedig. Das Wasser glatt wie tot. Als sei noch die Ölhaut der Amoco Cadiz (März '78) – schwarz und in der Sonne gleißend – obendrauf.
Brütende Hitze. Glasglocken-Treibhaus-Schweiß.
Dicke, faltenwerfende Engländerin in schamlippenfarbener Unterwäsche mit geröteter Gewebeschwäche.
Fliegen pendeln zwischen grünen, wie Gas riechendem Tang, überquellenden Abfallkübeln und dem gerösteten Fleisch vom Vortag.
– Seltsame Felsformationen im Norden. Wie versteinerte Sagen. Zerklüftete Küste. Bizarre Barrieren aus Granit.
In den sandigen Buchten dazwischen liegen sie, im Gegenlicht wie eine Herde gestrandeter Robben.

Du freust dich, siehst die zerklüftete Küstenkante und stellst fest: schwarzer, chaotisch getürmter Basalt. Du gehst näher ran und das Schwarz ist getrocknetes Öl. Teer. Millimeterdicker Mantel aus Katastrophenabfall.

Und du findest eine ruhige Bucht. Du schnüffelst. Du gehst dem Geruch nach: Schwarm verwesender, zerfallender Katzenhaie. Junge Tiere...
– Kathedrale in Quimper.
Kein Unterschied zu einer Strandpromenade. Voll, locker, mondän.
Dicker Mann in shorts & Sommerhütchen (Pepita). Links den Fotokoffer, rechts das Stativ, vor dem Bauch die Kamera. Die Frau hinter ihm trägt Blitzlicht und Freßtasche.
Laute Kommentare.
Über der Crypta ein Schild (viersprachig): dieser Teil des heiligen Hauses sei nur zum Beten, man möge Rücksicht nehmen auf die Gläubigen. Der einsame Beter verschwindet resigniert aus einer der Bänke, verjagt vom Blitzlichtbeschuß. Angestaunt wie ein vorsintflutlicher Ochse.
– ›Artuswald/Merlinwald‹. Guter, wilder Hochwald. Gesundes Biotop, Brütende Hitze. Stille. Waschen uns in kleinem Fluß. Klares kaltes Wasser...
...schwarze Schlange verschwindet träge in einem Loch in der Lehmwand. Ockerfarbene, gewürfelte Zeichnung auf dem Rücken...
– Lichtfinger durch den Blätterfilter. Domgefühle. Das Summen der Insekten. Keine anderen Menschen. Endlich! Ab und zu ein Vogel...
...Artusquelle. Artuslager. Artusgrotte. Steinmeer. Unterirdischer Fluß.
Und keine Menschen...

– Am Abend im Dorf ›CIRQUE‹. Tingelnde, naive, liebenswerte Einfalt und harte Kinderarbeit. Illusionslose Augen. Sommerhetze. Das süffisante Lächeln gelangweilter Touristen.

Fingernagel auf Sonnenbrand zeichnet helle, vergängliche Linien. Wie der malende Finger auf behauchter Fensterscheibe. Wie der malende Finger auf eingestaubtem Auto...

– ›Kapelle der 7 Heiligen‹. Die Crypta, ein Dolmen. Winziger, ausgetrockneter, vor sich hinbrütender Ort. Inland. Die Tür zur Crypta immer offen. Danke!

– Andere Crypta, andere Kirche (in Lanmeur). Vorromanische Schlangenornamente, die an asiatische Tempelreliefs erinnern, auf klotzigen Säulen.

15. Dolmen und Steinkammern.

Alte, heilige Druidenquelle im selben Raum (Schlüssel in der Pfarrei).
– Musee préhistoire/Carnac. Die gefledderten Skelette der Ahnen in Glasvitrinen nehmen die Parade der Gaffer ab. Es wird gerempelt. Das Museum winzig. Die Show-Objekte gedrängt, gestapelt. Hinweise ohne Präzision.
Ein Relief (verkleinerte Nachbildung der Alignements/der Steinreihungen), das Ausmaß und Präzision der Anlagen deutlich macht.
Ich kriege ein Heft in die Hand. Junge Wissenschaftler sahen sich die Gegend von oben, aus einem Flugzeug an. »Das Resultat war – obwohl erhofft – dermaßen überraschend, daß wir es nicht zu glauben wagten. Und dennoch standen wir vor Tatsachen, die wir nicht leugnen konnten: was sich uns darbot, war ein kurzer Blick auf den Plan der großen megalithischen Anlage, die um ER GRAH herum gruppiert war – der Große Riese, einst stolz im Zentrum des Komplexes aufgerichtet, und der nun in vier Teilen zerbrochen auf dem Boden ruht.«
Gemeint ist der größte gefundene Menhir der Welt. Ein 190 m langer, spitzer, phallischer Steinkoloss auf der zerfaserten Halbinsel Locmariaquer.
Die Leute fanden heraus, daß er, dieser Stein, der Mittelpunkt (die Weltachse), das heilige Zentrum einer in konzentrischen Kreisen verteilten und durch bestimmte, genau berechnete Kardinalpunkte markierten Anlage war (und ist). Eine Anlage, die alle die ›Sensationen‹ um Locmariaquer und Carnac und wahrscheinlich der gesamten Bretagne einschließt. Die Wissenschaftler ermittelten einen Zahlenschlüssel, durch den die ganze Anlage, d.h. das, was davon noch vorhanden ist, mit verblüffend einfacher, nach Sonnenständen, Gestirnen usw. berechneter Genauigkeit, aufzuschlüsseln ist.[1]
Eine deutsche Waldorflehrerin machte uns auf GAVRINIS aufmerksam und darauf, daß dies nicht – wie häufig behauptet – ein Grab, sondern eine alte Einweihungsstätte sei.

GAVR-INIS, Insel im Golf von Morbihan – unweit von Locmariaquer (Viertelstunde mit dem Boot). Vor dieser Insel, südlich, gut sichtbar, eine wesentlich kleinere Insel und auf dieser ein Cromlech (Steinkreis), d'ER LANNIC, der zu einem guten Drittel von Wasser überflutet ist. Beide, diese d'ER LANNIC und GAVR-INNIS gehören offensichtlich zusammen und beide zum Großkomplex, zur Großanlage um den ER GRAH.[2]

Wir besuchten GAVR-INNIS. Es war eine Farce. Nicht diese Insel und der berühmte Tumulus darauf – die Umstände. Massentourismus! Schubweise Führungen und schnell-schnell, damit man das Boot zurück nicht verpaßt. (Alleine auf der Insel bleiben, womöglich eine ganze Nacht und womöglich noch in diesem Tumulus: VERBOTEN!) Die Erklärungen des Führers in schnellem Wissenschafts-Französisch und – wie gesagt – unter Zeitdruck. Beschiss! Aber die Steine im Innern des Hügels sprechen für sich.

Abschließend: Teile des Hinterlandes, zum Teil uralte Weiler und Dörfer, sind noch einigermaßen in Ordnung. Vergleichbar etwa mit dem Emsland. Viel Sumpf. Moorflächen. Felder. Weniger Bauverbrechen als an der Küste. Schwarz gekleidete Alte mit weißen Spitzenhäubchen. Massive Höfe und Scheunen aus Bruchstein. Rieddächer (wenige noch). Ziehbrunnen. Alte, zerfallende Kirchen. Klein, geduckt, wie Kähne in der Brandung. Die Dächer der Innenschiffe wie umgestülpte Boote.
Die verschlafene, idyllische Ruhe mancher Dorfkerne. Ginster. Binsen. Ried. Hohe Gräser. Margeriten. Mischwaldinseln. Alleen. Eichen. Kastanien...

Karl Krüll

1 Ich kann hier nicht weiter auf die Sache eingehen. Für Interessierte: »Die Megalithische Geographie«/Reste der Anlage eines Kulturzentrums in Locmariaquer. Das Heft ist deutschsprachig und wurde herausgegeben von: Association Archeologique Kergal, BP 11, 78330 Fontenoy-le-Fleury, copyright 1978/80, ISBN Nr. 2.902727.03.8.

2 Wenn Du mit meinem Material, das Du in der Hand hältst, überhaupt was machen willst, schau Dir vorher unbedingt dieses Buch an: Albert Meyer »GAVR'INIS«, Verlag Freies Geistesleben, 1974, 58,– DM. Ein diesen Anthroposophen angemessenes Stückchen feinsinniger und fleißiger Wirkarbeit. Der Typ reagiert hochgradig sensibel auf diese Dinge und bringt dabei völlig ›neue‹ Aspekte ins wissenschaftliche Spielchen und Gerangel um die Auslegung dieser Steinzeichnungen. Das Fundament ist (natürlich Rodolfo Steiner. Ich hätte mir manchmal gewünscht, daß er Nebengeleise nach E. Neumann und den Archetypen C. G. Jungs – vor allem bei den langen Passagen über die Große Mutter – einfach mal befährt, weil sie sich anbieten, förmlich aufdrängen, aber das tut er nicht. Er kennt sie gewiß, ist Religionswissenschaftler.
Dennoch. Solltest dies Buch einfach kennen und berücksichtigen.

16. Schmuck-Steine.

IM SCHUTZ DER ERDMUTTER NOREIA

Spirituell-politisches Ritual in Wien

Heilige Plätze sind »in«. 1973 erklärten traditionelle Indianer den europäischen Wahrheitssuchern, daß die Beschäftigung mit diesen durchaus sinnvoll sei und einen Einblick in die eigenen naturreligiösen Wurzeln vermitteln kann. Sodann begann eine Wanderungsbewegung zu bekannten und unbekannten alten Kultstätten, die mit der New Age Bewegung ihren vorläufigen boomartigen Höhepunkt erreicht hat.

Während einzelne – meist als Bergwanderer getarnte – Unerschrockene in abgelegenen oder überlaufenen Gebieten der Alpen und Pyrenäen nach spirituellen Impulsen aus der Vorzeit suchen, sind für die große Masse der Konsumenten diverse alte Kultstätten – allen voran die Externsteine – mundgerecht aufbereitet worden. Organisierte Seminare stellen alles bereit: Unterkunft, Verpflegung, den genauen Tages- und Ritualablauf mit dem unvermeidbaren schamanistischen oder »druidischen« Guru und – die alten Kultstätte, die damit kräftig vermarktet wird.

Nicht mehr gemeinschaftlich lebende Stammeskulturen behüten, bewahren und aktivieren die alten Kultstätten zum Wohle aller Wesen, sondern zumeist atomisierte, gutbürgerliche oder alternativ-bürgerliche Individualisten erproben sich nun auf ihrem Schnellsiedekurs, der sie zum wiederum Seminare veranstaltenden »Schamanen« oder »Druiden« ausbildet.

Dabei ist die Beschäftigung mit unseren alten heiligen Plätzen (über)lebensnotwendig. Sie sind ein Katalysator für Visionen und andere spirituelle Erfahrungen und nehmen zugleich Schlüsselpositionen zur Aufrechterhaltung des ökologischen Gleichgewichtes ein.

Seit Jahren rufen uns die Hopis und Aboriginals ein: »Helft uns, den Bodenschatzraubbau in unserem heiligen Land zu stoppen – sonst drohen gigantische Katastrophen!« Gegenwärtig wird das letzte im Stammesverband behütete globale spirituelle Zentrum im Hopiland zerstört. Die letzten Hüter eines Wissens, das auch bei uns einst noch lebendig war, sind dem Völkermord preisgegeben, ihre altehrwürdigen Kultstätten werden vom Uranabbau vernichtet.

April 1986: Im heiligen Land der Navajo und Hopi, Big Mountain, droht eine Zwangsdeportation von 18.000 Indianern. Nationalgarde und US-Militär sind einsatzbereit. Ein Massaker droht – und die Vernichtung eines spirituellen Zentrums. Der 18. April 1986 wird von Indianerunterstützungsgruppen zum internationalen Aktionstag für Big Mountain ausgerufen.

In dem Wiener Alternativbeisl (in der BRD Kneipe genannt) Ricon Andino residieren die Indianerfreunde der ehemaligen Kaiserstadt. Es ist zwar kein alter, aber doch wenigstens ein neuer Kultplatz für die Anhänger bacchantischer Freuden, die im Gegensatz zur Bürgerswelt dieselben Getränke in einer Umgebung mit südamerikanisch-alternativer Aura zu sich nehmen. Als sich eines schicksalsschwangeren Montags die Indianerfreunde aus der alten Monarchenmetropole wieder zu Tratsch und Klatsch zusammenfanden, kam einem von ihnen, Wolfgang Bieder (ein Postbediensteter und stadtbekannter Anhänger des seligen Bacchus) eine visionär zu nennende Intuition: »Ich lege einen Trauerkranz vor die US-Botschaft!« brüllte er und alle klatschten begeistert Beifall und prosteten den Wein- und Biergeistern zu. Und so fing alles an.

Auf der Idee mit dem Trauerkranz aufbauend beschlossen die Big Mountain Aktionsgruppe-Wien und der Arbeitskreis Hopi-Österreich ein symbolbeladenes spirituell-politisches Ritual zu inszenieren. In einem intensiven Arbeitsprozeß reifte sowohl die spirituelle Dimension dieser Aktion als auch die vorbereitende mühsame organisatorische Kleinarbeit. Daß Wien zum Ritualort wurde, lag sicherlich daran, daß die Big Mountain Aktionsgruppe eben in Wien zu Hause war. Aber das wiederum hatte seine ganz besondere Bedeutung.

Liebe(r) Leser(in), ich lade Sie (Dich) hiermit herzlichst ein, eine Zeitmaschine mit mir zu besteigen und in das Jahr 1000 v. Chr. zu reisen.

Das später auch Noricum genannte Illyrien verehrt die Muttergottheit Noreia, die mit der keltischen Epona, der ägyptischen Isis, der griechischen Demeter und der germanischen Freya vergleichbar ist. Noreia ist die Allmutter Natur, die Himmelmutter, die Mutter Erde, Landespatronin, die Fruchtbarkeits- und Todesgöttin, der zahlreiche Kultplätze und Schreine im ganzen Land errichtet worden waren. Die matriarchalen Illyrer leben in kleinen bäuerlichen Siedlungen, die Klassengesellschaft ist noch nicht erfunden worden und die Bewohner(innen) sind friedfertig.

In diesem land liegt die alte illyrische Siedlung Viani = Vindoba = Wien, die zugleich ein geomantisch bedeutsamer Ort ist. Der Ortsgenius, also die Schutzheilige von Wien heißt in der Sprache der römischen Imperialisten »Fortuna Conservatrix«, was soviel wie »rettende Schicksalsgöttin« oder »glückbringende Bewahrerin« bedeutet. Die Astrologen meinen, daß Wien ein Venusboden – ein Platz der (errettenden) Liebe sei.

Reisen wir wieder in Richtung Gegenwart: Die Kelten kommen, beginnen mit dem Bergbau und schaffen eine kleine Oberschicht, die auf Kosten einer großen Unterschicht lebt. Das freie Leben in Illyrien wird damit beendet. Der römische Sklavenhalterstaat besetzt sodann das Land der Noreia und Vindobona. »Beutelschneider, Spießgesellen, stritten um den höchsten Thron und wer das meiste raffte, erhielt die Königskron'«, heißt es in einem Lied, dem gebildete Musikliebhaber in verschwiegenen Vollmondnächten lauschen, nachdem sie die Transmitterkassette »Grüner Zweig 50« voller Vorfreude in ihre Stereoanlage eingeführt haben. Im 10. Jahrhundert konnten die Babenberger das meiste raffen, erhielten damit die

Königskrone und besetzten Wien. Der geomantisch bedeutsame Platz wurde mit dem nötigen Know-how zum Machtzentrum für die Herrscher umfunktioniert, wie es ja auch die blaublütigen Kollegen in Berlin, Paris und London praktizierten. Wenn wir jetzt weiter reisen, so landen wir mit Sicherheit am 18.4.1986 um 9.30 Uhr auf dem zubetonierten Wiener Stefansplatz, wo sich die Menschen eben zu dem erwähnten spirituell-politischen Ritual einfinden.

Kurz vorher waren unvorhergesehene Schwierigkeiten aufgetaucht: Ein gewisser Hollywoodschauspieler hatte Lybien bombardieren lassen und die Medien kündigten einen geplanten Vergeltungsterroranschlag in Wien an. Eine schneidende, gespannte Kriegsstimmung lag in der Luft. Die US-Botschaft, zu der wir ziehen wollten, glich einer Festung. Würde aus polizeilichen Sicherheitsgründen unser Ritual verboten werden? Würde irgendwo eine Bombe hochgehen? Uns blieb nichts anderes übrig, als uns dem Schutzgeist der Noreia, der Fortuna Conservatrix intensiv anzuvertrauen: Daß sie als glückbringende Bewahrerin für unsere Aktion wirken und daß sie als rettende Schicksalsgöttin ihre heilenden Energien über die ley-lines bzw. die Schlangenpfade der Erde von ihrem Kraftort Wien nach Big Mountain zur Verhinderung der Zwangsdeportation senden möge.

Wir hatten uns auf die notwendigen zwölf, am Ritual Mitwirkenden, konzentriert. Als sich dann spontan 100 Menschen einstellten, der Mahn- und Trauerzug (wie wir das spirituell-politische Ritual nannten) ohne Zwischenfälle verlief und sogar die Polizei auffallend konstruktiv mit uns kooperierte, waren wir angenehm überrascht und dankten der Fortuna Conservatrix, die uns noch unterstützende Gruppen zugesandt hatte:

Den Arbeitskreis Indianer Nordamerikas, die Gesellschaft für bedrohte Völker, die Hochschülerschaft der Universität für Bodenkultur und den Österreichischen Informationsdienst für Entwicklungspolitik, der die anschließende Pressekonferenz ermöglichte. Unterstützungsarbeit leistete auch Freda Meissner-Blau, die den Keltenkongreß in Zwettl (1984) moderiert hatte, sodann als Schützerin der heißumkämpften Hainburger Au bekannt wurde und zur Zeit unseres Rituals eben als Kandidatin für die österreichischen Bundespräsidentschaftswahlen durch die Lande zog.

Der Biogärtner des Alternativprojekts »Gärtnerhof« hatte einen großen, schönen Waldkranz zusammengestellt, der eine Trauerschleife mit folgender Aufschrift trug: »Wir betrauern die USA wegen dem Tod der Menschenrechte durch die Zwangsumsiedelung von Indianern.« Vier große Schilder zeigten verschiedene Symbole und repräsentierten die vier Himmelsrichtungen:

1. auf dem Schild mit der Aufschrift »Big Mountain brennt« war ein Adlerkopf abgebildet, das Symbol für den Großen Geist bzw. den Schöpfer.
2. Das Hopisymbol erinnerte daran, daß wir gemeinsam mit allen Nationen Land und Leben im Gleichgewicht halten sollen.
3. Das keltische Kreuz – durchaus bereits von präkeltischen matriarchalen Kulturen verwendet – machte deutlich, daß auch in unserem Kulturkreis einst die Mutter Erde und ihre Wesen geachtet und nicht zerstört wurden.
4. Das mit einem großen Fragezeichen versehene UNO-Symbol erinnerte an das bis jetzt andauernde Versagen dieser Weltorganisation, die Rechte von Stammeskulturen wirkungsvoll anzuerkennen.

Laut Planung hätte eine südamerikanische männliche Trommlergruppe dabei sein sollen, die dann natürlich nicht kam. Der Symbolcharakter wurde jedoch noch erhöht, als eine Frau einsprang und auf einer großen Trommel (die fast größer als die Frau war) einen magischen Erdrhythmus schlug, der die Wiener(innen) verwundert aufhorchen ließ. Es sind auch die Frauen der Navajo, die den Widerstand gegen die Liquidierung ihres Volkes anführen und Wien ist nun einmal ein weiblicher Boden und bleibt es trotz der allgegenwärtigen dicken Asphaltkruste.

Wir haben auch bewußt ein positives Element eingebaut: Das der Versöhnung. Symbolisch wurde diese durch einen rot-weißen Blumenstrauß ausgedrückt, der zusammen mit einem offenen Brief an den US-Präsidenten Ronald Reagan einem Vertreter der US-Regierung, der katholischen Kirche, des amtierenden Bundespräsidenten, des österreichischen Bundeskanzlers sowie Außenministers mit der Bitte überreicht wurde, sich für die Beendigung der an Adolf Hitlers Zeiten erinnernden Zwangsdeportation einzusetzen.

Bei vielen indianischen Völkern steht rot für die Mutter Erde, weiß für den Großen Geist bzw. das Große Geheimnis. Die Versöhnung zwischen Geist und Natur haben wir gespaltenen Zivilisierten bitter nötig, um die tiefen Mysterien unserer alten Kultstätten nicht nur intellektuell, sondern auch in offenbarenden Visionen zu verstehen. Die alten Naturreligionen waren nicht für einen entrückten Himmel oder ein abgehobenes Nirwana da, sondern für ein ganzheitliches Leben auf diesem blauen Planeten, der nicht als Jammertal diskriminiert wurde.

Die roten Blumen standen weiterhin für die indianischen Nationen, die weißen für die westlichen Industriestaaten, die den natürlichen Weg des Lebens, der der Humus für den richtigen Umgang mit heiligen Plätzen ist, durch ihren profitorientierten Materialismus zerstören. Diese Versöhnung zwischen rot und weiß, die die Anerkennung der indianischen Völker als souveräne Nationen beinhalten muß, ist sicherlich auch ein spiritueller Dünger, um unser altes europäisches Erbe in lebensbejahender Form für die Gegenwart und Zukunft wiederzubeleben. Versöhnung: Laßt die Menschen und Völker ihr selbstbestimmtes Leben führen, vertreibt sie nicht von ihrem Land, laßt sie ihre alten Kultstätten weiter behüten... hätte die Amtskirche des Mittelalters und der überaus fragwürdigen »Neuzeit«

dieses zutiefst spirituelle Prinzip geachtet, dann hätten wir heute noch unsere ungebrochenen Traditionen, die den Umgang mit den heiligen Plätzen lehren, dann hätten wir uns Harrisburg, Hiroshima und Wackersdorf erspart.

Unser Mahn- und Trauerzug begann, wie bereits erwähnt, am Wiener Stefansplatz, einer Hochburg der katholischen Kirche und zog durch den geomantisch bedeutsamen Teil der Wiener Innenstadt zum Ballhausplatz, dem Zentrum der weltlichen Regierungsmacht und von dort aus mit der fröhlichen Begleitung eines Fernsehteams zur US-Botschaft.

Viele Teilnehmer(innen) des Zuges berichteten von spirituellen Erfahrungen. Einst, als Mutter Erde noch geehrt wurde, waren auf diesem Kultplatz Viani lebenserhaltende Rituale vollzogen worden. Dann kamen die düsteren Zeiten, das Land wurde privatisiert, eingezäunt, ausgeraubt, zubetoniert und vergewaltigt. Auf dem bewußt genutzten, geomantischen Kraftraum der Wiener Hofburg hatten die Monarchen ihre (auch okkulte) Macht gefestigt, wurden die Soldaten energetisch aufgeladen, um mit voller Wucht in den immer gerechten Krieg, der immer Unrecht war, zu ziehen. Selbst Adolf Hitler und seine Mannschaft hatten die Kraft dieses Ortes für ihre Zwecke verwendet.

Das Uralte wird wiederkehren, munkelt man bei Naturvölkern und in den Kreisen erdreligiöser Menschen. Mitten im finsteren Atomzeitalter zog nun ein kleiner Zug über die alte Stätte, die Trommel rief nicht zum Krieg, sondern aktivierte die schützenden Kräfte der Erdmutter Noreia, die Krieger(innen) zogen nicht auf Raub und Totschlag aus, sondern um eine Zwangsdeportation zu verhindern, um einem globalen spirituellen Zentrum in Arizona Solidarität zu erweisen. Auf dem durch Macht- und Kriegsspiele entweihten Platz hatten nun die Regenbogenkrieger(innen) ihre energetischen Spuren hinterlassen. Ich glaube, Fortuna Conservatrix ist im Zug mit dabei gewesen und nicht wir, sondern Noreia, der Geist der Mutter Erde, war die Komponistin dieser weißmagischen Symphonie.

Roman Schweidlenka

17. Hier befindet sich der Zug vom Stefansplatz, dem kirchlich besetzten Kraftzentrum durch die alte Innenstadt Richtung Hofburg-Heldenplatz-Ballhausplatz, dem weltlich besetzten Kraftzentrum. Die vier Schilder als Repräsentanten der vier Himmelsrichtungen sind relativ gut zu sehen, ebenso der Kranz, der von zwei ausgebildeten Jungförstern getragen wird, die das schwere Ding zwei Stunden lang schleppten. Der Kranz wurde später unter der spontanen Teilnahme von ca. 25 Menschen bei einem markanten Baum im Wienerwald in seine Bestandteile aufgelöst, die verrottbaren Teile wurden wieder der Mutter Erde übergeben.

18. Hier sieht man die Kranzträger/Schildträger und die Trommelgruppe. Die große Trommel kommt dabei in ihrer Größe nicht voll zur Wirkung, die Frau schleppte dennoch recht kräftig und schlug diesen kraftvollen Erdrhythmus. Daneben die Frau, das ist die Gisela, schlägt eine kleine keltische Trommel, als ihr die Finger aufplatzten, schlug sie weiter und die Trommel war blutverschmiert. Gisela Posch spielt in der Volksmusikgruppe ›Corncake‹, die Irisches und Keltisches bringt.

19. Die Zugspitze im Raum der Hofburg, auf dem Heldenplatz, wo die weltlichen Herrscher ihre Macht festigten. Auf diesem Platz ließ sich auch Adolf Hitler nach seinem Einmarsch in Österreich feiern, er besetzte somit den weltlichen Kraftplatz.
Kreisförmig zog der Zug über den Heldenplatz und näherte sich trommelnd dem nahen Ballhausplatz, wo die Regierung sitzt. Im Vordergrund rechts sieht man zwei Beamte der Staatspolizei, auch der flotte Bursche mit der weißen Jacke vorne gehört zu ihnen. In dem Gebäude, dessen Kuppel man im Hintergrund links sieht, dem Kunsthistorischen Museum, wird heute scharf bewacht der Speer des Schicksals aufbewahrt, den Hitler gleich an sich nahm, als er Österreich besetzt hatte (Ravenscroft, Der Speer des Schicksals).

FOTO RICHARD IRMINSUL MOTIVE

21. Eine afrikanische Pflanze.

22. Ein knospender Farn an den Externsteinen.
Zum 92. Geburtstag von Wilhelm Fabricius.

24. Am Dom in Worms.

23. Dachau, KZ-Eingangstür.

25. Schloßpark in Weinheim.

DIE HÄNDE DER VORVÄTER

Erinnerungen an allerlei Beziehungen zwischen den Indianern & den Alpen von 2000 v. Chr. bis heute

Als im Mai 1973 fünf Indianer nach Bern kamen, gab das eine kleine Sensation. Viele Leute hatten offenbar irgendwie darauf gewartet. Nicht das Exotische war es, das viele Leute dazu brachte, mit den Indianern Kontakt zu suchen – natürlich gab es auch solche, die die Indianer »besichtigen« wollten – sondern etwas anderes. Es war ein wenig wie wenn man nach sehr langer Zeit alte, beinahe vergessene Verwandte wieder trifft, von den verschiedenen Welten erzählt, in denen man gelebt hat seit der Trennung, über Fremdes staunt, Gemeinsames wiederentdeckt, Erinnerungen aufweckt. Und weil die Trennung halt schon einige Generationen her ist, sind die Erinnerungen auch nicht in den erstbesten Schubladen des Alltagsbewußtseins zu finden. Doch mit der Zeit, wenn beim Sitzen, Zuhören, Erzählen, Austauschen das angelernte Wissen langsam aus dem Vordergrund verschwindet, wird der Platz frei für tiefere, ältere Erinnerungen, von denen wir bis jetzt kaum etwas wußten. Und mit Staunen bemerkt man, wie die gewohnte Umwelt in der Stadt sich verändert und Seiten zeigt, die man ihr einfach nicht zugetraut hätte. Die Zeit, in der man hier, wo heute die Stadt Bern steht auf Jagd gehen konnte und als erstes Tier einen Bären erlegte, um danach die Stadt zu benamsen, ist plötzlich lange nicht mehr so weit entfernt, wie es damals in der Schule aussah, als die Geschichte behandelt wurde. Die Fabriken, Autobahnen, Abgase, Mauern, Neonlichter sind Schichten von Dreck auf dem Körper der Erde, aber nicht ihre endgültige Verwandlung und Zerstörung. Wo der Beton nicht dauernd gepflegt wird, wächst Gras hervor, und wo der entfremdete Rechenintellekt nicht beständig auf Hochtouren gehalten wird und für eine Zeitlang zur Ruhe kommt – wie jetzt, wenn Indian Power wirkt – steigen Geister und Urbil-

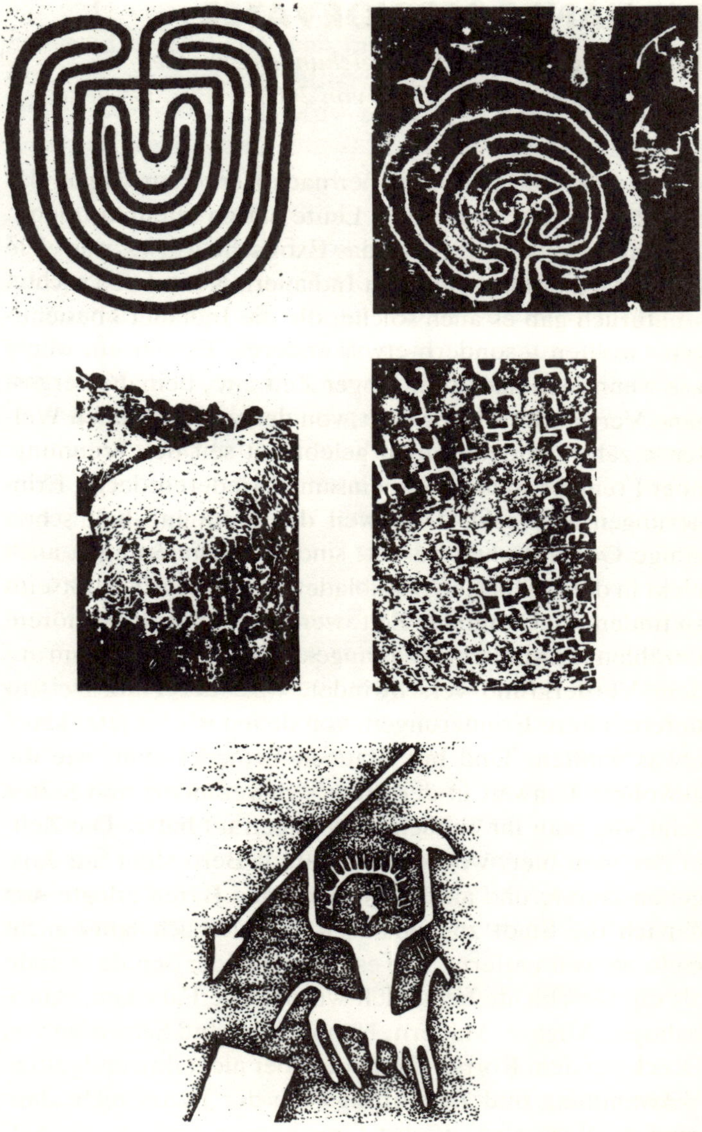

26. Bilder der Hopi, Bilder aus Val Camonica.
Als seien sie vom selben Künstler.

der auf und führen die Leute an längstvergessene Orte, die auf merkwürdige Art vertraut sind. Die Gespräche gehen nicht die gewohnten Geleise entlang: Schule, Beruf, Klatsch, Politik, und alles ohne wirkliche Alternativen. Die Kommunikation überbrückt Welten und Zeiten. Bald sind wir bei der europäischen Vergangenheit angelangt; die Indianer hoffen da ergänzende Informationen zu finden. Jemand bringt Abbildungen von Felszeichnungen im Val Camonica, nicht weit im Süden Graubündens. Alles kniet am Boden um die Bilder herum. Rufe des Erstaunens erklingen. James, der Hopi, bemerkte die große Ähnlichkeit vieler dieser Bilder mit solchen in seiner Heimat schon vor zwei Jahren, als ihm jemand einige davon aufzeichnete. Craig, der mit der Aufgabe nach Europa kam, traditionelle Leute mit traditionellem Wissen und Spuren der Wanderungen des »Weißen Bruders« der Hopi zu finden, entdeckt das Zeichen der Mutter Erde oder des Ursprungs der Hopi, ein Zeichen, das man auch bei den Tantristen im Osten und auf Münzen von Kreta findet. Auch das Minotaurus-Labyrinth des Daedalus soll so ausgesehen haben.

Darryl Wilson, der Dichter von Pit River, ist versunken in Zeichnungen von Menschengruppen. »Ein Tipi!« ruft er plötzlich aus. »Und da! – wenn das keine Indianer sind!« Auf einmal ist er im Nebenzimmer verschwunden. Für Stunden hört man nur das Geklapper der Schreibmaschine. Dann kommt er heraus mit einem neuen Gedicht: »Some from far/Some from near«. Es spricht von der Weisheit, die Groß-Vater vor langer Zeit am Feuer in Pit River erzählte:

When my father got traveling powers
he learned the songs to sing
given him as he dove from the rocks
high over the falling waters
into the deep pool

Als mein Vater die Kraft des Reisens erhielt
lernte er die Lieder, die man singen muß
Sie wurden ihm gegeben, als er von Felsen sprang
hoch über die fallenden Wasser
in den tiefen Teich

Es erzählt davon, wie Darryl und die anderen jungen Indianer nicht verstehen konnten, was Groß-Vater da sagte von seinem Vater, der von einem Ort verschwinden konnte und an einem anderen Ort erschien, und daß sie selbst diese Kraft erlangen könnten.

By believing in the powers that rule all darkness
and all light of the earth and outer universe
and the power that makes fire and water and life
that created all there is upon earth

Wenn ihr glaubt an die Mächte,
die über die Dunkelheit herrschen
und über alles Licht der Erde und des Universums
und die Macht die Feuer schafft und Wasser und Leben
die alles schuf was ist auf dieser Erde

For understanding within us all is yet a small light

Denn Verstehen ist in uns allen noch ein kleines Licht

Und später, nach vielen Reisen mit Seele, Geist und Körper:

In the land of the Viking we found tracks of our forefathers
upon the stones of the valley
This made us remember the words of Grandfather

Im Land der Vikinger fanden wir Spuren unserer Vorväter
auf den Steinen des Tales
Das ließ uns an die Worte von Groß-Vater denken
. . . Nun
In diesem Land, wo viele Völker vorübergingen
und die Leute vergessen haben
sahen wir auf den Felsen der Täler und Berge

die Hände unserer Vorväter
und sahen sie reiten durch die Zeit
auf einem schnellen Pony
in diesem fremden Land

Darryl verstand die Worte von Groß-Vater. Der Ponyreiter mit der Federhaube brachte Botschaften aus einer früheren Welt, von zuhause.

Und auch uns begann einiges aufzudämmern. Wir hatten in der Schule wohl von Griechen und Römern gehört, aber nie von diesen Vorfahren, oder dann nur unter dem Titel »In grauer (!) Vorzeit«, als halbmenschliche Wilde, die in Höhlen »hausten«, Faustkeile schwangen und grimmig dreinblickten, alles selber herstellten, die »gebückt durch das Halbdunkel huschten«, mit »rohen Sitten« und »ohne Eigentumsbegriff«, in ständiger Angst vor den »unberechenbaren feindlichen Naturgewalten«, denen sie hilflos ausgeliefert sind, in ständigem Kampf ums Überleben gegen wilde Tiere usw. Eben: Indianer.

Und da saßen wir nun vor den Bildern, die diese Barbaren in Felsen gehauen hatten, und staunten. Der Professor, der sich mit ihrer Erforschung befaßt, sagt, daß sie bis 4000 Jahre oder älter seien. Kaum jemand hatte davon gehört, und doch hat es überall Zeugen dieser Kultur: Im Wallis, im Graubünden, im Veltlin. Im Val Camonica sei einfach kein Moos auf den Felsen gewesen, darum kenne man die am besten (über 20.000 Zeichnungen hat man dort bereits »entdeckt« und aufgezeichnet). Als Grund für diese Abwesenheit von Moos sagte man uns, daß noch bis in die Neuzeit Hexen und Teufelsbündler diese Felsen als Kultstätten gebraucht hätten. Für die heutigen Talbewohner sind es Zeichen der »alten Religion«. Beim Historiker C. J. Burckhardt könne man lesen, daß in der Tat nirgends in Italien die Hexenverfolgungen so gewütet hätten wie im Val Camonica. Offenbar weil die Traditionalisten sich dort am hartnäckigsten hielten. Noch heute sei es eine unerschöpfliche Fundgrube für »Volks- und Aber-Glauben«.

Auch als beliebter Aufenthaltsort der Räuberbanden (Guerilleros?) wird das Tal erwähnt.

So organisierten wir halt eines Tages ein Zelt und fuhren zu viert los. Schon das Tal selbst war ein Erlebnis für sich. Steinhäuser, Kastanienwälder, schwarze Nudeln (einheimische Makrobiotik), Eidechsen... Dann eine Enttäuschung: Die Felsengruppe, die in allen Büchern beschrieben ist, war eingezäunt, mit Parkwegen und Inschriften und Kiosk und so. Wir wurden vom Parkwächter angebrüllt, der uns hinauswerfen wollte wegen nicht autorisierten Fotografierens! Aber wir merkten, daß wir den Park nicht brauchten. Die Seitenhänge des Tales waren einfach voll von Felsen, die von den Gletschern glattgeschliffen waren, und die den »Wilden« als Material für ihre Eingravierungen dienten. Es wimmelte von Menschen- und Tierdarstellungen, Geistern, Häusern, Landkarten und Zeichen. Um Betrieb in die Gesellschaft zu bringen, gehört auch der »diavolo« dazu: einer mit Hörnern, Schwanz und Gabel, der in der späteren europäischen Mythologie nicht ganz unbekannt ist. Auch einige der etruskischen gleichende Schriften sahen wir: »aus der Spätzeit«. Man sah Menschen bei der Arbeit, Pflüge, Wagen, Menschen bei der Jagd, zu Pferd und mit Federschmuck, beim Tanz und bei Zeremonien, eine Hochzeit, Krieg, eine Beerdigung. Mystische Bilder: Der Mann, der mit jeder Hand einen gezackten Blitz vom Himmel zieht, der Riesige Mann mit dem Geweih, der von einem Menschen angebetet wird, magische Zeichen. An verschiedenen Stellen waren Eingravierungen von Fußabdrücken in natürlicher Größe. Wenn man sich dort draufstellte, konnte man eine ganze Szenerie überblicken; oft war es eine Reihe merkwürdiger Häuser, und aus einigen davon schauten geisterhafte Gesichter. Waren dies Einweihungsplätze, auf denen die Kandidaten stehen und schauen mußten? Auf einem der Felsen fanden wir eine Figur, die bei uns für das Mühle-Spiel verwendet wird. Mit weißen und dunklen Steinen ging das Spiel los. Mit meinem »Gegner« pflegte ich zu

Hause jeweils zu spielen, um abzuklären, wer bei politischen Diskussionen recht hatte. Nach spätestens 5 Minuten hatte er jeweils gewonnen. Doch hier war es anders: Nach einiger Zeit gab es nicht mehr den Felsen, die Steine und die Spieler. Nur noch das Spiel. Ungewohnte Gefühle des »nicht-ich« waren herum. Nach etwa einer Stunde merkten wir, daß die Steine immer im Kreis herum gingen. Immer ein schwarzer, dann ein weißer, abwechslungsweise. Sie kreisten irgendwie in der Art von Sternen. Natürlich konnte es bei dieser Konstellation keinen Sieger und keinen Verlierer geben. Weil wir aber vorläufig nicht für alle Ewigkeit dort sitzen und Steine kreisen lassen wollten, wurde das Spiel vertagt. Die Leute zeigten uns den Weg zu weiteren Felsen. Vor einem kleinen Steinhaus lag eine alte Frau unter der Pergola im Gras und schlief. Ihr Sohn sei in der Stadt und lerne Sprachen, sagte sie uns. Sie selber gehe bald zum »Signor eterno«. Auch sie zeigte uns neue Bilder. Oft konnte man gleichzeitig noch gerade wilde Brombeeren ablesen, die mit Vorliebe bei diesen Felsen wuchsen. Wir übernachteten auf einem Grasstück zwischen den Felsen. Ungewohnte Träume kamen. Am nächsten Tag fühlte man in sich eine Kraft, die man seit der Kindheit kaum mehr kannte. Die Botschaft der Indianer hatte Früchte getragen: Findet eure eigenen Ursprünge! Warum fanden wir hier die gleichen Symbole wie in Amerika? Warum trugen die Camonica-Leute Federhauben? Gab es kulturelle Beziehungen zwischen der Urbevölkerung Amerikas und Europas? Oder »geistige« Verbindungen? Oder gab es überall auf der Welt Völker, deren Lebensgrundlage eine naturnahe Wirtschaftsform und damit verbunden eine auf Stämmen basierende, klassenlose Sozialordnung und ein ganzheitliches Weltbild war, und die als Symbole dieser ganzheitlichen Kultur dieselben grundlegenden Zeichen hervorbrachten? Dies würde bedeuten, daß diese Völker auf der ganzen Welt durch ihre gemeinsame bewußte Zugehörigkeit zur Einen Erde und die Ähnlichkeit ihrer Lebensweise eben auf eine grundlegende Art miteinander verbunden waren. »Geistige Verbindung« braucht eben nicht nur »Gedanken-Übertragung« zu bedeuten, sondern ebenso etwas unvergleichlich tiefergehendes.

Die Parallelen zwischen »Camonicanern« und den Indianern und anderen modernen Naturvölkern sind noch auf einem anderen Gebiet aufschlußreich: Der wissenschaftliche Erforscher des Val Camonica fand, daß nach der Zeit um das Jahr 0 unserer Zeitrechnung keine Zeichnungen mehr angebracht wurden. Zu jener Zeit eroberten die Römer dieses abgelegene Tal (remember Asterix). In Rom findet man auf irgend so einem Denkmal des Kaisers Augustus unter anderen Namen von unterworfenen Stämmen auch den des Camonica-Volkes eingehauen. Wir können uns vorstellen, wie die Leute von ihren »wilden Sitten« befreit wurden, die »Segnungen der überlegenen Zivilisation« empfangen durften und, soweit sie die Zivilisierung überlebten, stolze Bürger der damaligen imperialistischen Weltmacht Nr. 1 wurden. Natürlich gaben sie dabei den barbarischen Brauch auf, primitive Bilder in Felsen zu hauen. Wer hat denn schon für solche Spielereien Zeit! Dafür findet man einige klassische lateinische Inschriften. Uninteressant wird das Val Camonica für die Römer gewiß nicht gewesen sein, führte doch seit alter Zeit eine der drei Haupthandelsrouten, die den Süden mit dem Norden verbanden, durch dieses Tal. Die Etrusker bezogen über diese Route Bernstein von den Stämmen an der Nordsee. Und so bedeutende Orte kann man doch nicht derartigen Barbaren überlassen! Das Ganze nannte sich »Pax Romana« – »Römischer Friede«. Vielleicht sollte man Kaiser Augustus mal für den Friedensnobelpreis vorschlagen.

Adrian Linder

BESCHREIBUNG EINES PLATZES

Aus: FALK 2

Reglos liegt das Land unterm Zwielicht des versunkenen Tages. Nirgends eine Bewegung, die es aus dem Bann löste, unter dem es liegt wie geschlagen. Es ist, als habe der Tag diese Region auf immer verlassen. Alles Lebendige an sich gerissen und mitgenommen.

Dem panoramatischen Blick erscheint das Land zur Zeit des Zwielichts wie geöffnet, wo es unterm kühlen klaren Blick des Tages ein Geheimnis verschlossen hält oder vielmehr, wo es dieses Geheimnis verleugnet. Das Zwielicht ist die Trennung zwischen den Welten, sagt der Indianer. Fitzke nimmt es als Öffnung, als Tor zur Nacht. Und diese Nacht, die einen Schleier über die Dinge legt, die seinen Augen vertraut sind, die Dinge des Tages, zieht vor anderen Dingen einen Schleier weg. Vielleicht sogar denselben. Die Nacht macht jedenfalls, daß viele, mag sein, sogar alle, Dinge, die er kennt, sich in andere, unbekannte Dinge verwandeln.

Gewöhnlich beginnen die Wanderungen, die der Indianer mit seinem Lehrling unternimmt, im klaren Licht des Morgens. Sie dauern den ganzen Tag und enden im Zwielicht. Von da aus geht es dann anderswohin weiter. In die Nacht, in die andere Welt. Hier ist dann nichts mehr vertraut. Bekannt vielleicht, das ja, vielleicht. Aber nicht mehr vertraut.

Die Nacht eröffnet nicht bloß den Blick, sondern auch den Weg ins Unvertraute. Wohin einer in der Nacht gerät, die wohlbekanntesten Dinge des Tages können sich hier unvermutet und plötzlich als wüste Fremde erweisen, als Wildnis. Die Welt sich als andere Welt. Zuletzt kennt der, der in ihr sich findet, sich selber nicht mehr. Verwandelt kehrt er aus ihr in den Tag zurück, und dieser wird für ihn niemals wieder einfach die Welt sein. Sein Vertrauen ins Bekannte und Tägliche ist ein für allemal erschüttert. Wer die Fremdheit des Nächtlichen erfahren hat, dem ist in der Vertrautheit des Täglichen erst recht nicht mehr geheuer.

Ganz anders der Jäger, der in den Nächten zu leben versteht. Versteht er sich darauf, dann ist die Nacht für ihn die Welt und was draußen ist, sein Heim. So einer geht nicht mal am Tage verloren.

Der Windhauch, der ihn aus der Reglosigkeit des Zwielichts ins Gesicht trifft, der sie unterbricht und erschüttert und zugleich bestätigt, er unterbricht und erschüttert zugleich auch ihn, bestätigt ihn in seiner eigenen Reglosigkeit angesichts der aufbrechenden Nacht, vor der er wartet.

Auf was eigentlich?

In der Welt, in der der Indianer sich bewegt, sind die Erscheinungen der Natur sämtlich persönliche Mitteilungen, die sich jeweils an den richten, der sie empfängt und zu lesen versteht. Wind und Vogelflug, Wasserwirbel, Wolken, Licht und Nebel, Regen, Pflanzen, Tiere, die sich blicken lassen oder auch nicht, alles ist Zeichen, ist geladen mit Bedeutung, ist eine Äußerung verbündeter oder feindlicher Mächte, enthält jedenfalls für den, der ihn aufzunehmen weiß, einen Hinweis für sein Verhalten.

Jeder, der diese Zeichen überhaupt wahrnimmt, könnte erkennen, daß es sich bei ihnen um Mitteilungen handelt, sofern er sich der Tatsache bewußt ist, daß er nicht allein auf der Welt ist, sondern ein Teil von ihr ist und zu ihr gehört wie alles andere zu ihr gehört, das ihn umgibt und mit ihm zusammen eine Konstellation bildet, in der alles mit allem verbunden ist und die Veränderung eines einzigen Details eine Veränderung der gesamten Konstellation bedeutet. Mag sein, daß er die Zeichen dennoch nicht versteht. Mag ja auch sein, sie sind nicht für ihn bestimmt.

Wer aber die Zeichen zu deuten weiß, der empfängt Mitteilungen über alles. Er befindet sich in einem Fluß von Informationen, aus dem er trinken kann, wann immer es ihn dürstet. Durch die Welt der Erscheinungen hindurch äußert sich das Verborgene der Welt, und wer die Augen hat zu lesen, erfährt vielleicht mehr als ihm lieb ist. *So* genau wollte er's gar nicht wissen.

Fitzke hingegen will alles genau wissen.

Er will wissen, was der Wind zu ihm gesagt hatte, als er ihn eingangs der Nacht mit seinem Hauch traf. Daß er ihm etwas sagte, das hatte er gleich begriffen. Und auch, daß er es ihm, Fitzke, wartend am Eingang der Nacht, und niemandem sonst, gesagt hatte. Aber was hatte er denn nun gesagt?

Um ihn herum ist es jetzt nahezu vollkommen dunkel. Das Licht- und Farbenspiel am nördlichen Himmel reicht nicht hin, um die Dinge in seiner unmittelbaren Umgebung zu erhellen. Die Stille ist ebenso vollkommen. Nur dieser schwache Wind ist da, der ihm um sein Gesicht spielt.

Fitzke springt von dem Gatter herab, auf dem er gesessen hat. Von irgendwoher aus dem Dunkel sind auf einmal die Hunde um ihn, leise raschelnde Schatten, die ihn mit unterdrücktem Jaulen freudig umtanzen, während er langsam in nordwestlicher Richtung weitergeht und rasch in der Dunkelheit des flachen Landes verschwunden ist.

Das Ungewöhnliche, das einem auf dieser Ebene Landes begegnet, ist in der geringen Lautstärke, mit der hier gespielt wird. Zunächst, wenn er dahergetrabt kommt, um das Ungewöhnliche der natürlichen Welt zu erblicken, hört er gar nichts. Er merkt nicht einmal, daß es da gar nichts zu sehen gibt.

Erst nachdem er vom Schauen, vom ergebnislosen Schauen, ein wenig ermüdet ist, wenn er, der scheinbaren Gleichförmigkeit der geraden Linien, die sein Blickfeld bestimmen, überdrüssig, des ungeheuerlichen Himmels über dieser, wie es scheint, toten Fläche ansichtig und des Raumes, den er mit ihr zusammen bildet, gewahr geworden ist, wird er sich plötzlich des leisen Klangschleiers bewußt, der diesen Raum weniger erfüllt als durchweht und den er eigentlich, ohne ihn wahrzunehmen, schon die ganze Zeit in den Ohren gehabt hat.

Und dann erst, nachdem er seine Aufmerksamkeit vom Sehen aufs Lauschen verlagert hat, beginnt er, in diesem Klangschleier Details zu unterscheiden, einzelne Geräusche, Töne, die immer wiederkehren und anderen Klängen zu antworten scheinen. Er beginnt wahrzunehmen, daß es auf dieser unbelebt scheinenden Ebene Lebewesen gibt, die sich seinen Augen entziehen, seinen Ohren jedoch ihr Vorhandensein bekanntgeben. Und so nimmt er wahr, daß die Vielfalt der Geräusche, die ihn umgibt, für ihn auslotbar ist. Es wird ihm niemals gelingen, jeden Ton, den er hört, zu identifizieren und einem bestimmten Ding oder Lebewesen zuzuordnen, das ihn hervorgebracht hat.

Und so kommt er allmählich darauf, daß er, der immer ganz selbstverständlich von sich angenommen hatte, ein auf optische Wahrnehmungen ausgerichtetes Wesen zu sein, in Wirklichkeit nicht bloß taub, sondern auch nahezu blind ist.

Die Hunde streifen durchs Gelände, und Fitzke, der ihnen dabei zusieht, erkennt, daß sie sich sehr viel stärker als er selbst für die Geräusche um sie herum interessieren. Sie orientieren sich nicht bloß mit der Nase, sondern auch mit den Ohren. Die Augen sind erst ganz zuletzt dran. Und das gilt für alle vierbeinigen Tiere in diesem Gelände.

Bloß die Menschen, denkt Fitzke, brechen immer durchs Gebüsch. Wenn Menschen sich nähern, dann ist das sogar für menschliche Ohren nicht zu überhören. Menschen sind lauter als jedes andere Lebewesen. Die Tiere hören einen schon von weitem und treffen ihre Maßnahmen. Rennen weg oder ducken sich. Und wir sehen nichts.

Und weil wir nichts sehen, denkt Fitzke, denken wir, da sei auch nichts. Dabei ist in Wirklichkeit jeder Fleck, wohin mein Auge fällt und mein Fuß tritt, belebt und voll mit Lebewesen. Alles duckt sich, wenn unsereins durchkommt. Und wir, denkt Fitzke, die wir nicht nur nichts hören, sondern auch nichts sehen, denken, da ist nichts, denkt Fitzke. Niemand, totes Land. Und wir oben drauf, denkt Fitzke.

Vielleicht liegt's ja daran, daß keiner mehr damit zufrieden sein will, einfach bloß zu leben. Keiner braucht mehr seine ganze Tatkraft einzig darauf zu richten, diesen Zustand zu erhalten. Dasein allein ist nicht genug. Für die meisten sind Dasein und Lebendigsein einfach das Selbstverständliche, und das Leben fängt dahinter überhaupt erst an. Oder das, was einer für Leben hält. Alles ist darauf abgestellt, den allzu engen Kreis des Selbstverständlichen auszudehnen oder gar zu durchbrechen. Nein, nein, da muß schon ein klein wenig was Besseres sein. Sich verwirklichen! Das eigene Selbst! So, als wär das noch ein bißchen oben drauf aufs Leben, Zugabe, Zuwaage, Surplus, Profit, Geschenk. Nein, Geschenk ja nun eigentlich nicht.

Fitzke hat das ungute Gefühl, daß er, wenn er so weiter macht, heute noch ins Nörgeln geraten wird.

Fitzke auf seinem Hof in der Sonne. Er schaut sich um.

Die friedliche Stille, eine Insel im umgebenden Lärm der Vögel, täuscht. Er findet etwas Friedhofsartiges darin. Die beiden schlaff herumliegenden Hunde unterstreichen diesen Eindruck bloß noch. Der Hof sieht ordentlich gepflegt und aufgeräumt aus, aber es fehlt an Lebewesen, die sich bewegen und die Ordnung stören, damit die Friedlichkeit des Bildes stimmt. Auf den benachbarten Höfen gibt es Kinder, Hühner, Katzen, Kälber, Schweine, da ist immer was los. Auch die Schwalben gehören dazu, auf der Fliegenjagd. Hier flitzen sie höchstens mal durch. Wenn sie auf der Diele mit dem Nestbau beginnen, muß Fitzke sie daran hindern, weil er abends das große Tor schließt und sie dann nicht mehr nach draußen finden.

Von der Ebene kommt ein Kiebitzruf herüber. Fitzke steht auf und geht auf die Terrasse, wo er das ganze flache Land sozusagen vor sich liegen hat.

Die Hündin ist mitgekommen, obwohl sie offensichtlich lieber im Schatten liegengeblieben wäre. Sie geht aber gleich wieder weg. Es ist einfach zu heiß in der Sonne. Ein ganz leichter Wind kommt auf. Fitzke fühlt, wie er ihm übers Gesicht streicht und den Schweißfilm auf der Haut abkühlt. Die Birken, die er im letzten Herbst gepflanzt hat, schwanken unverhältnismäßig heftig. Das kommt von den dünnen Beinen, auf denen sie stehen. Die Birke Margit versucht einen kleinen Tanz daraus zu machen. Sie sieht kränklich aus. Die Trauerweide, die er für Anna und sich gesteckt hatte, hat tief unten an ihrem dürren Stämmchen wieder ausgeschlagen. Aus etwa zehn Meter Entfernung gesehen ist zu erkennen, daß sie vorläufig nicht mehr beschnitten werden will. Anscheinend will sie es noch einmal versuchen und ganz von vorn anfangen mit dem Wachsen.

Offen, so scheint es, liegt das Land vor ihm. Fitzke hat das Gefühl, als liege er selber ebenso offen in diesem Land, wenn er es betreten hat. Er fühlt sich als ein Teil des Landes, fühlt sich, als sei er von ähnlicher Art wie die anderen Gegenstände oder Lebewesen, die hier in Gang sind. Flimmernde Hitze über den Weideflächen. Weit hinten im Nordwesten, die Gruppe der drei Bäume schwankt und flimmert in der heißen Luft über dem Land. Ein fortwährendes Vorbei irgendwelcher Insekten und Vögel.

Der Ort, an dem er sich befindet, dieses Dorf, das eigentlich nur eine lockere Ansammlung von Gehöften links und rechts entlang einer Straße ist, windet sich als schmaler Streifen bewohnten Landes durch eine Landschaft, in der die Natur erbarmungslos in landwirtschaftliche Dienste gepreßt worden ist. Da ist weit und breit kein Busch noch Baum geblieben, das allgegenwärtige Weidegras zu überragen. Und wenn es dennoch irgendwo einem einzelnen Baum zu wachsen vergönnt ist, so dient er der Landwirtschaft zumindest doch als Schattenspender für das Vieh.

Solch ein Baum, mutterseelenallein auf der buchstäblich weiten Flur, steht seines Orts als landschaftliche Sensation, und einem Wanderer, auf der Suche nach einem Ziel, zu dem er seine Schritte lenken kann, bleibt keine Wahl. Nichts als Ebene zwischen ihm und dem Horizont, es sei denn dieser eine Baum.

Es ist so etwas wie ein Sog, der von der Flachheit dieses Landes ausgeht. Es lädt einen ein, sich ihm anzuvertrauen, und diese Einladung wird mehr und mehr zu einer Herausforderung, es aufzunehmen mit seiner Flachheit und es zu betreten, geradewegs und geradeaus, und einfach loszugehen, Richtung Baum.

Dem widersetzt sich allerdings alsbald der aus dieser Perspektive kaum sichtbare Teil der Wirklichkeit in Form eines Systems von Wassergräben, das der ständigen Entwässerung des Landes dient. Mit ihm ist der Ebene ein Netz aus langen schmalen rechteckigen Parzellen übergeworfen, mit dem der Wanderer zu rechnen hat. Für Fitzke ergibt sich aus ihm ein Weg, der geradeaus über seine eigene Parzelle und weiter geradeaus über die nächste sich anschließende führt. Auf diesem Weg gibt es am wenigsten Wasser zu überwinden.

Vorn ist eine kleine Brücke, dann kommt die Straße, dann das nächste lange Stück Viehweide. Das endet mit seiner Schmalseite an einem kleinen Fluß. Ohne eine erkennbare Strömungsrichtung schlängelt er sich durchs Gelände. Unmittelbar gegenüber, auf einem niedrigen querliegenden Hügel, stehen drei riesenhafte Eichen.

Sie rufen mich.

Fitzke hatte gesehen, daß es so war. Er hatte sie stundenlang belauscht. Stundenlang hatte er verborgen im Schilf der Uferböschung gesessen und beobachtet, was drüben in den alten Eichbäumen geschah. Einmal hatte sich ein riesiger Schwarm Krähen in ihnen aufgehalten.

Der am weitesten rechts stehende der drei Bäume hält sich etwas abgesondert von den beiden anderen und ist erkennbar mächtiger. Er reckt alles aus, was er hat, und überragt seinen Nachbarn fast ums Doppelte. Und sein Geäst scheint zu pulsen.

Er ist es, von dem das Rufen ausgeht. Der kleine Fluß hat hier keine Brücke, keinen Steg, und zum Überspringen ist er dann doch zu breit. Fitzke muß durchs Wasser, oder er muß auf der Seite bleiben, auf der er sich befindet. Er bleibt.

Das da vor ihm, das ist ein Platz, ein Ort, eine Stelle. Um das zu erkennen, braucht einer sich nur nach der Umgebung dieses Ortes umzusehen. Er ist so unumstößlich aus der Ebene herausgehoben, wie man es sich nur wünschen kann. Von seiner Anlage her mag dieser Platz einmal ein Gerichtsplatz oder sonst ein Versammlungsort gewesen sein. Vielleicht sogar der Galgenberg der Region.

Jedenfalls ist der kleine Fluß, der das Land trennt und zu seiner Unzulänglichkeit beiträgt, eine natürliche Grenze.

(Das Land auf der anderen Seite gehört schon zum Nachbardorf, wohin man ohne Vorwahl telefonieren kann. Außer dem gemeinsamen Pfarrer, der ausgerechnet Rosencrantz heißt und dabei weder von Shakespeare geschrieben noch katholisch ist, haben die beiden Dörfer wenig gemein. Höchstens noch, daß es beides Straßendörfer von der Art sind, die eine sehr ausgedehnte Fläche weniger umspannen als durchwirken. Dem Pfarrer jedenfalls stehen viele Bauern von dieser Seite des Flusses ausgesprochen mißtrauisch gegenüber. Für sie macht er »Nacktkundeunterricht«, wo er denkt, er leiste Jugendarbeit. Für die Bauern von dieser Seite ist er ein Linker. Für die von der andern mehr ein linker Schläger.

Eigentlich ist er ein Abenteurer, und da ist er später, nachdem er von diesem Pfarrersjob die Nase voll hatte, auch abgeblieben.) Fitzke steht an einer Grenze. Aber der Baum ruft ihn, als sei da nichts.

Irgendwann ist er durchs Wasser gewatet. Mit nackten nassen Füßen und hochgekrempelten, ebenfalls nassen Hosenbeinen, die Stiefel in der Hand, nähert er sich langsam dem Platz.

Daß es sich bei den drei Eichen um einen besonderen Platz handelte, das hatte er schon von weitem gesehen. Daß es sich um einen Platz der Macht handelt, bemerkt er erst, als er dort ist. Dazwischen liegen vier Jahre und ein kleiner Fluß, eigentlich bloß ein besserer Graben.

Irgendwie ist es von allem Anfang klar gewesen, daß der Baum ihn ruft. Vier Jahre ist das her. Und all die Zeit, viele Jahre und viele Jahrzehnte, die er da schon steht, hat er gewartet. Auf solche, die sein Rufen hören und sich ihm nähern. Das erste, was Fitzke wahrnimmt, als er unter dem Riesen steht, ist eine Höhlung in der Hauptgabelung in zwei bis drei Meter Höhe. In der Höhlung ist ein Sitz angebracht, der zu dieser Jahreszeit der Sonnenuntergänge der untergehenden Sonne zugekehrt ist. Die ist eben dabei, unterm Horizont wegzutauchen.

Fitzke erkennt plötzlich mit aller Klarheit, daß es die Sonne ist, die sich bewegt, wenn sie untergeht. Tut mir leid, Galilei! (Um mit den eigenen beiden Augen zu sehen, daß es in Wahrheit dennoch die Erde ist, die da um sich selbst rotiert, muß einer sich mit dem Gesicht der Sonne gegenüber rücklings auf den Boden legen und zusehen, wie sie versinkt. Schließlich wird ihm schwindeln, und er wird bemerken, daß es rückwärts bergab mit ihm geht.)

Der Blick geht nämlich gar nicht nach Westen. Er geht zur untergehenden Sonne. Fitzke begreift, daß von diesem Platz aus schon seit urdenklichen Zeiten der Sonne beim Untergehen zugesehen wird. Obwohl er in all den Jahren, die er diesen Platz schon im Auge hat, noch niemals jemanden sah, der es in dieser Zeit getan hätte. Das Sitzbrett scheint auch, soweit er es von unten her erkennen kann, ziemlich verrottet zu sein.

Fitzke hat das sichere Gefühl, in fremdes Revier geraten zu sein. Um den Baum zu besteigen, und sei es auch nur bis zu der Höhlung, benötigt er ein Seil. Der Stamm ist breit und glatt wie eine Säule und absolut nicht zu umfangen mit den Armen. Fitzke nimmt sich vor, beim nächsten Mal ein Seil mitzubringen.

Alle drei Bäume stehen in einer Richtung nebeneinander. In Wirklichkeit stehen sie hintereinander, und Fitzke ist immer bloß von der falschen Seite gekommen. In Wirklichkeit stehen sie auf der einstigen Krone des einstigen Deiches, der einstens das Flüßchen vor ihm daran hindern sollte, das Land hinter ihm zu überschwemmen, wenn ihm danach war.

Fitzke sieht zu, wie der mittlere Baum Jahr für Jahr weiter abstirbt. Dies Schicksal begünstigt ihn jedoch als Krähenbaum. Und eingangs der Nacht lieben es die Reiher, in seinen kahlen Ästen ihre schweigsamen Versammlungen abzuhalten.

Zu seiner Rechten, die Riesin von einer Eiche, die ihn weit überragt, ist dabei, ihre überhohe Krone abzuwerfen und eine neue aufzusetzen. Diese, niedriger und fester, hat sich bereits gebildet. Noch steht aber die alte über ihr, ein dürftiger Schirm, gehalten bloß noch von ein paar blattlosen Ästen, kahl und trocken, denen der Tod unterm nächsten besseren Weststurm schon im Mark zu sitzen scheint. Aber wer weiß, Fitzke sieht das schon seit Jahren kommen, und die alte Krone steht immer noch.

Gleich hinter der Baumgruppe auf dem alten Deich beginnt ein kleines Gehölz aus Fichten und Birken, das offenbar erst vor wenigen Jahren angelegt worden ist. Das ist noch ein Platz. Fitzke begreift, daß hier die Rehe Dekkung finden, die er auf seinen Wanderungen über Land manchmal mit seinen Hunden hochgescheucht hatte und von ihnen ein wenig hatte hetzen lassen. Dieser Platz war eigens angelegt worden, damit die Rehe darin Unterschlupf finden sollten. Ihm fielen die beiden Kanzeln ein, von denen aus das Land kilometerweit über- und einsehbar war.

Fitzke sieht sich um. Rechts und links von der Baumgruppe, in mäßiger Entfernung, stehen die beiden Kanzeln. Auf der Stelle begreift er, daß er in eine sorgsam vorbereitete Falle gelaufen ist. Von dort oben herrscht absolut freies Schuß- und Sehfeld auf alles, was den Schutz dieses Platzes verläßt. Fitzke fühlt von beiden Seiten Gewehre auf sich gerichtet und läßt sich zu Boden fallen, wo er gerade steht. Mit einem Schwung rollt er seinen Körper um den Fuß der großen Eiche herum, bis er durch ihren Stamm nach der einen und durch den des benachbarten Baumes nach der anderen Seite ein wenig geschützt liegt. Das war knapp!

Flach an den Boden gepreßt bleibt er liegen. Geschehen ist nichts. Kein Schuß ist gefallen. Aber Fitzke weiß jetzt, daß es ihnen ernst ist. Sie warten bloß darauf, daß er sich zur falschen Stunde am falschen Platz zeigt, um ihn zu erledigen.

Und was in diesem Zusammenhang falsch ist, das bestimmen sie.

Während er darauf wartet, daß sein Herzschlag sich beruhigt, blickt er vorsichtig hoch, um das fremde Gelände zu erkunden, das vorher für ihn hinter dem Deich verborgen gewesen war. In einiger Entfernung steht ein sonderbares Gerüst auf der Wiese. Er kann nicht genau erkennen, um was es sich handelt, aber für seine erhitzte Phantasie nimmt es sich aus wie eine Gruppe von hölzernen Kreuzen aus natürlich gewachsenen, aber jetzt abgestorbenen Stämmen. Er müßte näher heran, um das Ding zu identifizieren, fühlt sich aber im Moment nicht dazu aufgelegt, seine Dekkung zu verlassen. Der Schreck von eben steckt ihm noch in den Gliedern.

Dieser Platz ist ein Jagdplatz, ein Ort, um Tiere abzuschießen, nachdem diese erst mit einiger Mühe daran gewöhnt worden sind, sich hier geborgen und sicher zu fühlen. Tiere wie er, hierher gerufen, angelockt, eine Falle von Menschenhand.

Dennoch fühlte Fitzke sich von dem Baum nicht getäuscht. Vielleicht, so überlegte er, hatte der ihm bloß zeigen wollen, was sie mit diesem Platz angestellt hatten. Denn die Anlage des Hegebusches mit den beiden Jagdkanzeln war sicher erst jüngeren Datums, während der Sitzplatz in der Astgabel schon sehr lange nicht mehr benutzt worden zu sein schien.

Na also, denkt Fitzke, der Jäger wird sich freuen, uns hier zu finden, mitten im Revier seiner Rehe.

Die Hunde sind es dann auch, die ihn darauf aufmerksam machen. Hinter ihm, gar nicht weit, steht das Reh und versucht, seine Witterung zu bekommen. Es mußte, wenn es vorher in dem Busch gesteckt hatte, in einem weiten Bogen um ihn herum gegangen sein, um von hinten, gegen den Wind, an ihn heranzukommen. Er hält die Hunde zurück, ehe sie Laut geben und lospreschen. Aber das Reh sieht sich entdeckt. Langsam geht es davon.

Helmut Salzinger

ZUM VERSTÄNDNIS VON ANALOGSYSTEMEN

Analogien sind einander entsprechende Wirkungen von Erscheinungen verschiedener Art oder sogar aus verschiedenen Ebenen. So kann z.B. ein warmer Hauch, ein paar freundliche Worte oder die Berührung eines weichen Kissens in uns gleichartige Gefühle erzeugen.

Die Problematik analoger Zuordnungen wirft Thorwald Dethlefsen mit zwei Fragen auf:

1. Suchen Sie den Oberbegriff von Vogel, Fisch, Schwein, Kamel, Krokodil, Kathe, Kaninchen, Floh...!
2. Suchen Sie den Oberbegriff von Eisenbahn, Zinnkrauttee, Bergarbeiter, Klosterzelle, schwarz, Kalk, Skelett, Knochen, Zähne usw.!

Analoge Zuordnungen sind auf dieser Ebene komplexer Erscheinungen für den heutigen Menschen schwer zugängig und fast unverständlich; ... obwohl sich, wie noch gezeigt wird, gerade aus den Erkenntnissen der neueren Wissenschaft viele Einsichten in den Charakter solcher Analogsysteme ergeben, und in der Technik sind Analogsysteme überall zu finden, wobei das kaum bewußt wird.

Analogsysteme sind jedoch auch die Grundlage aller Systeme der Vorhersage; d.h. die Grundlage »mantischer Systeme«, zu denen die heute schon wieder aktuell gewordene Astrologie gehört, die Handlesekunst, die Physiognomie, Orakelkünste wie Kartenlegen und Deutung derselben oder die Deutung von Mustern, die sich im Kaffeesatz oder in ausgeworfenen Schafgarbenstengeln bilden. Nicht zuletzt gehört auch die Geomantie dazu als Deutung der Qualität eines Ortes für das Bauen, wozu Magnetfeldmessungen, Wünschelrutenuntersuchungen, Beurteilung der Wuchsformen von Pflanzen und des Verhaltens von Tieren, Wind und Himmelsrichtungen herangezogen werden.

Aus der Astrologie sind Zuordnungen wie die unter Frage 2. aufgeführten – nämlich z.B. von Sternbildern,

Tieren, Pflanzen, Steinen, Verhaltensweisen, Gefühlen, körperlichen Eigenschaften schon wieder vertraut geworden und lösen keinen Schock mehr aus, obwohl sie viel zu komplex sind, um leicht verstanden zu werden.

Aber andere der mantischen Methoden, wie die Deutung von Mustern im Kaffeesatz oder von Schafgarbenstengeln stehen heute verwandten naturwissenschaftlichen Methoden nahe, die allerdings meist noch als Außenseitermethoden gelten. Das sind z.B. die Deutung von Kristallisationsbildern, Tropfenbildern, Steigbildern in Fließpapier, Fällungserscheinungen, Formen in Schwingungen und Strömungen – und zuletzt eine offiziell anerkannte Methode: die Beurteilung der Wassergüte nach den in einem Wasser gefundenen Einzellern. In der Außenseitermedizin sind es Augen- und Ohrdiagnostik, Blutdiagnostik nach Auras-Blanck und ähnliche Methoden.

An Instituten für Strömungsforschung werden heute die geordneten Muster in turbulenten Strömungen untersucht und mathemathisch beschrieben. In solchen Methoden sind Analogiesysteme auf geometrische Muster zurückgeführt und können schließlich durch Zahlenbeziehungen beschrieben werden, die sich für den Winkel zwischen zwei Strecken nach Pythagoras ergeben. Und damit ist der Anschluß an Pythagoras und seine Harmoniklehre hergestellt.

In englischer Sprache besteht eine Wortverwandtschaft zwischen dem Wort »Angle« für »Winkel« und »angel« für Engel (im Deutschen »Angel«); der »angle« drückt die Beziehung zwischen zwei Kräften aus und der »angel« steht für eine bewußt wirkende, geistige Kraft. In alten Kulturen wurden Götter durch Zahlen und Zahlenbeziehungen charakterisiert.

Es ergibt sich auch eine Beziehung zu Schwingungen und deren Frequenzen, wenn man z.B. mit Musik Schwingungen und Schwingungsformen in einer Flüssigkeit oder einem plastischen Medium erzeugt, oder umgekehrt, durch verschiedene Unterteilung einer Saite unterschiedliche

Töne erzeugt. In Schwingungsformen sind sozusagen Töne als Formen sichtbar geworden und geometrisch deutbar.

Man kann die geometrisch gegebenen Beziehungen auch aus der Perspektive der Statik zwischen zwei Kräften deuten.

Die einfachsten geometrischen Formen kann man auch als Symbole darstellen – was an Bauwerken auch überall geschehen ist, und man kann sie als Zeichen für Zahlen und Schrift verwenden. Auch das ist in alten Kulturen geschehen und so kann man komplexe Erscheinungen, wie es Worte und Sätze sind, durch Zahlen und geometrische Beziehungen ausdrücken.

Die Bedeutung eines einzigen Winkels für ein geometrisches Muster kann man sich veranschaulichen, wenn man unter verschiedenen Winkeln mit gleichbleibender Intensität auf die Oberfläche von Kaffee bläst, in den man einen Tropfen Milch gegeben hat. Es werden verschiedene schon recht komplexe Schwingungsmuster entstehen.

Stellt man sich einen solchen Vorgang einmal gewaltiger vor und in viel größerem Maßstabe, so müßten Ausschnitte aus diesem Schwingungsmuster in verschiedenen Wahrnehmungsbereichen erscheinen: optisch als Farben, akustisch als Töne, statisch materiell gebunden als Formen; sehr groß in den rhythmischen Bewegungen der Himmelskörper und sehr klein in den Schwingungsformen der kleinsten Materiebausteine, und auch in den Rhythmen biologischer Vorgänge und den damit verbundenen psychischen und geistigen Vorgängen.

Damit hätte man ein ganzes System analoger Erscheinungen, die dann Teile eines Schwingungssystems sind. Dabei wird man vom größten bis zum kleinsten Bereich ähnliche Formen, ähnliche Rhythmen und ähnliche Muster wiederholen, als hätte man eine vielfältige Spiegelung in winzigen bis riesiggroßen Spiegeln.

In der Technik spielen Analogsysteme eine große Rolle. Bei einer Tonbandaufnahme oder -wiedergabe stehen z.B. das Muster auf dem Tonband, mechanische Membranschwingungen, elektromagnetische Schwingungen, hörbare, akustische Schwingungen und schließlich die Gefühle, die die Geräusche oder Klänge erzeugen, miteinander in Korrelation. Das sind alles äußerst verschiedene Erscheinungen. Wir sind nur damit vertraut. Darum glauben wir, sie zu verstehen. Die volle Bedeutung solcher Korrelationen kommt jedoch gerade bei denen, die ständig damit umgehen, kaum zu Bewußtsein.

Ein anderes, wohlbekanntes Beispiel im biologischen Bereich ist die Übertragung von Erbeigenschaften durch die submikroskopisch kleinen Muster in den Molekülen der Gene bzw. der Desoxyribonukleinsäuren oder die Manifestation von Gedanken zunächst in elektromagnetischen Schwingungsmustern und schließlich in molekularen Mustern von Eiweißmolekülen.

Die Erbinformationen werden durch die Anordnung von 4, genauer betrachtet sogar nur 3 Basenpaaren in der DNS bestimmt. Die Moleküle selber sind dabei keineswegs *beständig*, sondern werden *ständig* ab- und aufgebaut – die »festen« Bausteine werden *ständig* ausgewechselt; *be-ständig* ist die immaterielle, geometrische Anordnung, die sich in elektromagnetischen Schwingungen und schließlich in einer sich *ständig* erneuernden Anordnung von Materie manifestiert. Ihrem Wesen nach ist diese Ordnung »nichts« als eine Idee. Diese wirkt *formbildend* als *Information*. Sie bewirken die Bildung von Ordnung aus dem Chaos. Ihre ersten physikalischen Manifestationen sind Katalysatoren, wie z.B. die Gene oder elektromagnetische Impulse, die die Formbildung in größerem Maßstabe steuern.

Analoge Erscheinungen lassen sich also durch dieselben Ideen oder Grundprinzipien charakterisieren, und diese erscheinen als geometrisch ähnliche Formen oder als ähnliche Frequenzen. Ähnliche Frequenzen entsprechen dem Intervall von einer Oktave. Dieselben Ideen manifestieren sich im Großen wie im Kleinen als geometrisch ähnliche Schwingungsmuster mit niedrigen und hohen Frequenzen.

Zu den großen Erscheinungen gehören niedrige Frequenzen.

Auf der physikalischen Ebene können Manifestationen eines Analogsystems als sehr unterschiedliche Erscheinungen mit sehr unterschiedlichen Wirkungen wahrgenommen werden. Die Ähnlichkeit der Wirkungen tritt zunächst auf der Ebene der Informationswirkung im Psychischen hervor, kann aber z.B. als Krankheit oder Heilwirkung oder als Verhaltensweise auch im Physischen deutlich werden.

Für die Architektur und Kunst ergibt sich die weittragende Bedeutung der Gestaltung, die sich sehr faßbar in der Wechselwirkung mit der Sonneneinstrahlung oder in der akustischen Qualität eines Raumes bemerkbar machen kann oder viel subtiler in psychischen Wirkungen.

Nach alten und uralten Überlieferungen wird eine begrenzte Anzahl von Ideen oder Urprinzipien angenommen, und die Vielfalt der Erscheinungen wird als Überlagerung derselben erklärt. In der heute gebräuchlichen Astrologie, der ja alte Systeme zugrundeliegen, werden 12 Urprinzipien angenommen, die sich in der Bedeutung der Tierkreiszeichen, der Planeten und der Häuser wiederholen und deren Überlagerung dann ein komplexes Muster ergibt.

Das chinesische I Ching-System basiert auf 8 Urprinzipien, die auf die Kombination von zwei Polaritäten – Yin und Yang – zurückgeführt werden und andererseits zu 64 komplexeren Mustern kombiniert werden. Mit diesem System kann man Parallelen zum periodischen System der Elemente und zum genetischen Code finden.

Man kann die Urprinzipien auch durch Tageszeiten und den Stand der Sonne definieren – und auf diesem Wege auch wieder zu einer geometrischen Definition durch Winkel gelangen. Möglich und sinnvoll ist es auch die Urprinzipien als Phasen einer Wellenbewegung aufzufassen.

In allen Fällen kann man die Urprinzipien zu einer Folge ordnen, die zeitlich aufgefaßt, Vorhersagen ermöglicht. Auf den Tag folgt die Nacht und auf Wellenberg folgt Wellental. Orakelsysteme beruhen darauf, auf irgendeine Weise das in einer bestimmten Situation vorherrschende Urprinzip zu bestimmen, um zu erkennen, welche Manifestationen damit verbunden sind und welche zeitlich folgen.

Die Manifestationen eines Urprinzips stehen miteinander in Resonanz, aber sie bewirken einander nicht; sie sind vielmehr Teil eines Schwingungssystems. Jedoch tritt bei physikalischen Manifestationen oft eine Ursache-Wirkungsfolge in Erscheinung. Das liegt jedoch an unserer Art der Wahrnehmung. Wir können physische Manifestationen nur über ein zeitliches Nacheinander wahrnehmen, das einseitig gerichtet ist. Das heißt, es muß Prozesse geben, die nicht umkehrbar, die nicht rückführbar sind. Damit verbunden sind einseitig gerichtete Ursache-Wirkungsfolgen. Bei umkehrbaren Prozessen kann ja die Wirkung auch wieder Ursache sein, und dann entsteht die vertrackte Situation, in der man nicht weiß, wer zuerst da war, das Huhn oder da Ei.

Dem Denken in Analogsystemen liegt jedoch ein vierdimensionales Weltbild zugrunde, in dem die Zeit zur Ortskoordinate wird, die Wellenbewegung zur stehenden Welle erstarrt und der Bereich der unmanifestierten Urprinzipien mit einbezogen wird.

Vorhersagen liefern ein Spektrum der manifestierten Urprinzipien und was daraus folgt. Da der Mensch schöpferisch frei Ideen erzeugen kann, kann er zwar die Entwicklung des einmal physikalisch manifestierten nicht rückgängig machen, er ist ihm aber auch nicht ohnmächtig ausgeliefert, sondern hat viel Freiheit, um den Lauf der Dinge zu bestimmen.

In alten Kulturen war das Denken in solchen Analogsystemen üblich und geübt. Je mehr Einblick man in den Charakter solcher Systeme gewinnt, desto klarer wird erkennbar, ein wie umfangreiches, vielschichtiges und tiefgründiges Wissen darüber in alten Kulturen vorhanden gewesen sein muß. Dieses Wissen kommt z.B. zum Ausdruck im Umgang mit Zahlen, in der Mathematik und Geometrie, in den Maßsystemen der Tempel, in Orakelsystemen, in den archetypischen Gestalten der Märchen und Mythen, in alten Bräuchen, in Methoden zur Entwicklung und Schulung intuitiver und nationaler Erkenntnisfähigkeit, in Einweihungsriten, um der Verantwortung, die solche Erkenntnisse mit sich bringen, gerecht zu werden.

Es waren vor allem die Heiler, die religiösen Führer und die Architekten oder Baumeister, die solches Wissen haben mußten, und diese Berufe vereinigten sich bisweilen in der Person des Königs, Kaisers oder Pharaos.

Waltraud Wagner

Anmerkung: Diese Betrachtungen zu einem vielschichtigen Thema können manchen Gesichtspunkt dazu nur anreißen, und es mag auch noch mancher schwerwiegende Fehler darin sein. Es sind Gedanken auf dem Wege zu einem allmählich sich vertiefenden Verständnis der Analogsysteme.

DER SCHWARZE UND DER WEISSE STEIN

Nördlich von der großen Mainebene, sogar noch am Nordrand der Wetterau hinaus, da, wo die Hänge sich nordwestlich beginnen zu einem Westerwald zu formen, wenige Meter hinter den verrotteten Palisaden der präimperialistischen Römerkultur – die es übrigens nie schafften, auf den Glauberg zu kommen, auch wenn die Agentur Standart Text in ihrem Buch »VEGELSBERG« das wieder mal anders zu berichten weiß – sind die Roten Wälder.

Nach Westen hin, dort, wo die Sonne hinter einem Schrottplatz versinkt, auf dem der fremdländische Müll einer neoimperialistischen Amikultur rostet, steht eine große uralte Eiche, den Oststürmen trutzend, Hüter und Bewahrer zugleich eines kleinen Waldstückes, das von uns Eingeborenen (und Heiden, wie man dazu vielleicht bemerken sollte), das »Eichwäldchen« genannt wird.

Die Alte Muttereiche, unter der schon, so ist es zumindest überliefert, Goethe auf dem Weg nach Wetzlar ausspannen ließ, um einen entspannenden Blick ins Lahntal zu werfen, mit den Burgen Gleiberg, Fetzberg und dem Leuchtfeuerpunkt Dünsberg, der wiederum in der Lichtstaffel stand als Meldeträger hoch zum Frauenberg, ist ein hochfrequentierter Belaufbaum geworden für die kleine Waldameise, die Lachnidenzucht betreibt und den Honigtau in dicken Säcken heimträgt, ganz im Sinne der Deutschen Ameisenschutzwarte, deren Mitglied ich bin.

Hinter dem Baum geht es – wie man sich denken kann, in den Wald, einem ca. 15jährigen Fichtenbestand, schlecht geläutert, und in einem einigermaßen unseligen Zustand, was aber auch mit der Beschaffenheit des Bodens zusammenhängen mag.

Hinter der Fichtenschonung ist etwas Hochwald und da, zwischen kleinen Erdhügeln und den Faulbaum- und Schwarzdornbüschen der Baumschule Appel, Darmstadt, liegen ein schwarzer und ein weißer Stein.

Genauer gesagt, der weiße Stein liegt auf dem schwarzen Stein. Und um die beiden Steine herum, die auf einer kleinen Erderhöhung ruhen, stehen die Bäume so, daß, wenn man von Südwesten kommt, die Bäume eine hohe Halle bilden über dem Stein mit dem Stein.

Nun lebt in einer Hütte in der Nähe, die ziemlich schlecht isoliert ist und deshalb eine enorme Ölrechnung produziert, eine kluge weise Frau.

Weil sie klug ist, entdeckte sie die Steine, die nur siebenhundert Meter vor ihrer Hütte liegen, schon nach sieben Jahren.

Und weil sie weise ist, setzte sie sich vor die Steine und schwieg.

Und weil sie eine Frau ist, empfing sie die Strahlen des Steins und gab die Strahlen weiter und dann kam auch eine Freundin aus Kanada, eine Indianerin und legte etwas zwischen die beiden Steine, um den Ort zu segnen.

Und brauchte die Frau auch alle ihre Kraft um selber zu leben, so brachte sie doch immer wieder Freunde zu diesem schwarzen Stein mit dem weißen darauf, in diese Halle, und der schwarze Stein nahm das, was man weghaben oder geben wollte und der weiße Stein gab das, was man brauchte.

Ich war da und habe es ausprobiert.

Die Steine sind echt gut.

Oigen

P.S.: Mein Freund Jupp, der dort in der Nähe wohnt, kennt die Steine auch. »Ja, da stelle ich mich immer drauf. Da läßt es sich eigenartig gut pissen.«

DIE »FRÜHE MOND-MAHD«

Ein Projekt für das Kraftfeld Längenfeld

Zu einer organisch gewachsenen Zukunft gehört die Würdigung gegenwärtiger Selbstverständlichkeiten, seien diese Gedanken oder Gegenstände, Bräuche oder Werkzeuge. Der Prozeß des Werdens, den wir Zukunft nennen, muß harmonisch fließen. Sonst ist das Gleiten vorwärts in die Zeit eher ein sprunghafter Bruch, der letztendlich krankhaft auf die Menschheit wirkt.

In unserem überschnellen Zeitalter fällt es besonders schwer zu verstehen, daß die Gebräuche von heute die Basis von morgen bilden müssen. Das, was heute im Alltag als selbstverständlich erscheint, bleibt eher unbeachtet und wird gerne vom nächsten »Neuesten« ersetzt und dadurch ausgetauscht.

Selbst im paradiesischen Längenfeld sind solche Werdungsbrüche festzustellen. Dieser Ort dient einer »Zukunftswerkstat« daher als Kraftfeld-Beispiel, an dem man demonstrieren kann, wie ein Bewußtsein für unsere stotternde Zukunftsdynamik erweckt werden könnte. Als ortsgebundene Ansatzpunkte hierfür habe ich den Mond, das Heu und die »Stanggern« gewählt.

Gedacht ist ein begehbares, kreisförmiges Mond-Labyrinth aus 364 Stanggern, das in Zusammenarbeit mit Kraftfeld-Besuchern und Ortsansässigen entstehen soll. Die Stangger werden auf einer frisch gemähten Wiese in 13 konzentrischen Kreisen, die jeweils 28 Stück von ihnen beinhalten, aufgestellt und mit Heu beladen. Dadurch werden 13 28tägige Mond-Monate, also ein ganzes Mond-Jahr mit 364 Tagen, symbolisiert. Ihre Anordnung erfolgt aus einem bestimmten geometrischen Prinzip und ergibt ein zur Mitte hin sich verdichtendes Muster, das in etwa dem System der Kerne eines Sonnenblumenkopfes gleicht. Der innere Kreis umschließt einen Leerraum von ca. 10 m Durchmesser. Das gesamte Labyrinth hat einen Durchmesser von ungefähr 100 m. Die Verknüpfung der im Ötztal immer noch bräuchigen Mondphasenberechnungen als Lebensanschauungen mit dem durch sie geleiteten lebenserhaltenden Prozeß des Heuens bildet in ungewöhnlich ästhetischer Anordnung den Sinn der »Frühen Mond-Mahd«.

Gary Rieveschl

BUFFALO BEAT

Während meines dritten Nachmittags im Park, als ich durch eine unermeßlich weite Prärie, umgeben von schneebedeckten Bergen fuhr, stieß ich auf eine Herde von mindestens 100 Büffeln. Sie grasten einige Meilen von der Straße entfernt bei einem breiten, flachen Fluß. Offensichtlich ein vielversprechendes Bild für die Show und vielleicht eine faszinierende Studie über zwischen›artliche‹ Kommunikation. Selbst wenn die Büffel keine stimmliche Reaktion auf menschliche Musik zeigten, so könnten sie doch auf andere Art reagieren oder Verbindung herstellen. Ich konnte es nur herausfinden, wenn ich es versuchen würde. Der Kameramann des Filmteams, ein langjähriger Wyoming-Wildnis-Profi, schauderte, als ich ihm meine Absicht erklärte, mich mitten unter die Büffelherde zu begeben. »Büffel sind gefährlich«, sagte er, »wenn du der Herde zu nahe kommst, wird dich der Leitbulle angreifen; und hier draußen in der Prärie kannst du ihm nirgendwo entwischen.« Ich reagierte skeptisch. Er könnte ja recht haben, dachte ich, aber andererseits kennt er die üble Beziehung zwischen Büffeln und dem weißen Mann vielleicht nur vom Hörensagen. Sicher, Büffel fliehen vielleicht vor einem Jäger und greifen einen Kameramann an. Sie könnten aber anders auf jemanden reagieren, der ihnen mit Musik und in friedlicher Absicht entgegentritt. Ich fühlte, daß der Schlüssel zu meinem Erfolg darin lag, ob ich mich in dasselbe langsame, ungehetzte Zeitmaß der Büffelherde einfügen konnte oder nicht. Der Regisseur der Fernsehshow stimmte mir zu, zweifellos mit dem Gedanken an das Geld, das er ohne eine fertige Show verlieren würde. Ich bat das Filmteam, ihre Kameras auf einem kleinen Hügel, 400 Yards gegen die Windrichtung der Herde aufzubauen. Dann sprang ich über die Steine und Fossilien, die den Grund des flachen Flusses bedeckten, und begann die Büffel mit einem einfachen, sich wiederholenden

Brummton auf meiner Gitarre zu locken. Ich bewegte mich langsam auf die Herde zu. Es dauerte weit über eine Stunde, die ersten 300 Yards zurückzulegen. Ich bewegte mich nur, wenn sich die Büffel bewegten, und die ganze Herde stand manchmal für lange Minuten wie angewurzelt auf einer Stelle und kaute und kaute. Dann bewegte sich mal ein Tier zehn Schritte nach rechts oder links und zehn andere folgten ihm. Ich begann, auf der Stelle zu tanzen – ich habe einmal gelesen, daß Büffel schlecht sehen. Wenn sie wußten, daß du da bist und deinen Bewegungen folgen konnten, wären sie nicht plötzlich beunruhigt. Sie reagieren nur, wenn sie dich sehen, wenn man schon sehr nah ist. Indem ich aber langsam im Rhythmus der Musik tanzte, machte ich deutlich, daß ich mich in der Tat auf sie zu bewegte. Langsam, sehr langsam verkürzte ich den Abstand zwischen uns. Dann geschah etwas Seltsames. Plötzlich, fast zu plötzlich, stand ich kaum mehr als 100 Fuß von dem nächsten Tier. Es war, als wäre ich irgendwie an Ort und Stelle gehoben worden. Meine Sinne waren von der leichten Brise abgeklärt, die über das Flußgebiet, 2800 m über dem Meeresspiegel, wehte. Die Formen und Farben erschienen scharf und pulsierend. Die Prärie und die Berge schienen lebendig. Ich hatte fast Halluzinationen. Es war nicht so, daß sich irgend ein Teil der Landschaft verändert hätte, jede Einzelheit schien eher viel lebendiger und intensiver. Ich befand mich in der ›Büffelzeit‹. Da stand ich direkt vor der Herde, mit der linken Hand einen Ton anschlagend, mit der rechten Bewegungsmuster in der Luft beschreibend. Drei Büffel kamen nach vorne an den Rand der Herde und beobachteten, schnupperten und lauschten aufmerksam. Die Kühe und Kälber kamen gemächlich hinter ihnen her. Ich behauptete meine Stellung. Dann geschah etwas Unheimliches. Ich sah ein schmutzig-gelbes Leuchten aus der Herde zu den drei großen Bullen pulsieren und einen Ring um die Gruppe formen. Es reichte bis direkt vor mich hin, wie eine Barriere, die das Territorium der Herde abgrenzte. Dennoch hatte es keine richtige Substanz. Ich fühlte, es könnte verschwinden, wenn ich nur blinzeln würde. Als ich meinen linken Fuß auf den Kreis setzte, begann der größte Bulle, weniger als 100 Fuß entfernt, den Boden mit den Hufen zu stampfen. Als ich meinen Fuß zurückzog, hörte er auf. Ich fing an, meinen rechten Fuß im Takt der Musik zu bewegen und hobm eine linke Hand winkend zum Himmel.

Der Anführer der Herde schaute mich mit seinen schwarzen Augen an. Ich trat auf den Kreis und stampfte auf den Boden. Ich beugte mich nach links, schaute ihn an und beugte mich dann nach rechts. Ich fühlte, er merkte allmählich, daß wir gemeinsam in diesem Tanz sind und daß er auf Harmonie basiert und nicht auf Aggression. Als ich das sechste Mal meinen Fuß auf den Ring setzte, stampfte der Bulle nicht auf den Boden. Für einen Moment fing mich sein Blick ein und dann begann er sich zu bewegen. Er hielt zwar Abstand, trat mir aber direkt gegenüber. In diesem Moment wich die Aura, der leuchtende Ring, nach innen zurück, auf die Herde zu. Ich folgte langsam und spielte meine Musik und tanzte im Büffelrhythmus. Vielleicht eine Viertelstunde später wurde ich auf eine menschliche Stimme aufmerksam, die mir von ganz weit hinten irgendetwas zurief. Ich drehte mich um. Der Chefkameramann stand auf dem Hügel und schwenkte die Arme wie verrückt und schrie mir zu, ich solle machen, daß ich hier wegkomme. Zuerst verstand ich nicht ganz, warum er so aufgeregt war, bis ich die Büffelkuh mit ihrem Kalb sah, die gemächlich zwischen dem entfernten Hügel und meinem Standort spazierte. Und ehe ich mich's versah, stand ich inmitten einer Herde von 100 Büffeln. Es war unmöglich, sich zu bewegen. Die Büffel waren überall. Einige davon waren so groß wie Häuser, schienen aber keine Notiz von meiner Anwesenheit zu nehmen. Ich spielte immer noch auf der Gitarre, bewegte immer noch meine Finger im sanften Rhythmus der Musik. Der Ring war jetzt völlig verschwunden. Zehn Minuten lang grasten die Büffel weiter. Dann schleppten sie sich langsam davon, hinunter zum Fluß. Innerhalb von zwei Minuten war ich alleine. Ich ging zurück zu dem Filmteam – ich fühlte jeden Schritt, fühlte all meine Sinne intensiviert. Der Kameramann starrte mich an, als ich auf den Hügel zuging, und das ganze Team hatte ein breites, dummes Grinsen auf den Gesichtern. Dann applaudierten sie zaghaft. Der Kameramann aber schimpfte mich für den Rest des Tages immer wieder einen verdammten Narren. Drei Wochen später saß ich am Telefon und wunderte mich, daß noch niemand vom Fernsehstudio angerufen hatte, um mich zu der üblichen Vorführung des geschnittenen Segments einzuladen. Schließlich rief ich sie dann an, und mir wurde von dem Produzenten der Show ziemlich schroff erklärt, daß die Gesamtlänge absolut unbrauchbar sei. Er war den Film einen ganzen Nachmittag lang durchgegangen und hatte versucht, daraus einen lohnenden Beitrag für seine Show zu machen. Aber egal, wie er den Film schnitt, er hatte einfach das Tempo einer Schnecke. Alles, was er sah, war dieser Typ mit seiner Gitarre, der auf eine Büffelherde zuschlich. Eine Stunde später schlich der Typ immer noch. Es war hoffnungslos. »Was ist mit dem leuchtenden Ring?« fragte ich, »Konnten Sie den leuchtenden Ring sehen?« Eine kurze Pause. »Da war kein leuchtender Ring. Was meinen Sie überhaupt mit einem leuchtenden Ring? Der Film sieht schon gut aus«, fuhr er fort, »aber wir können ihn nicht brauchen, weil er keinen Höhepunkt hat.« – »Höhepunkt?« fragte ich naiv. »Na ja, wenn dieser große Büffel wenigstens mal angegriffen hätte, nicht ernsthaft, verstehen Sie?, aber ein Ansturm von nur fünf Sekunden hätte dem Streifen einen wundervollen Höhepunkt gegeben. So wie's aussieht, haben wir eine Menge Geld verbraten.« Eine Woche später rief mich die Sekretärin der Produktionsfirma an und teilte mir mit, daß meine Dienste nicht länger benötigt werden. So ist das eben – die Zeit der Büffel und unsere Zeit vertragen sich nunmal nicht.

Jim Nollman

DIE TEMPEL VON MALTA

Man sagt, Gozzo ist so friedlich, daß die Gefängnisse leerstehen. Die Männer erscheinen mir freundlich und sanft. Ich glaube, sie haben ein bißchen Angst vor mir, wie ich auf allen Vieren auf dem Boden krieche und nach Spuren eines Tempels suche, von dem ich spüre, daß er da sein muß. Ich frage den Parkplatzwärter: wer hat den Parkplatz hier bauen lassen? Er entschuldigt sich fast: die Hotelleitung. Ich sage: es ist ein Tempel darunter. Er nickt: ich weiß. Und er zeigt mir die Grundrisse eines Seitentempels, der durch den Parkplatz nicht zerstört wurde.

Für den ältesten Tempel der Insel, Ta Hagrat, soll ich mir den Schlüssel bei der Polizei abholen. Eine Polizistin gibt ihn mir. Ich versuche damit, das Schloß des Tores zu öffnen, aber er paßt nicht. Ich gehe um den Zaun herum, da merke ich, daß im Süden die Einfriedung mitsamt Drahtzaun umgestürzt ist und der Tempel offen in die Landschaft hinausschaut.

Im Treppenhaus eines scheinbar ganz normalen Wohnhauses steige ich zum Hypogeum hinunter, wie in einer Trance, immer tiefer, immer kühler. Die Treppe windet sich in engen Kurven in die Tiefe, weit, weit hinunter – mir wird schwindelig. Dann stehe ich im ersten Tempelraum. Ich kann kaum atmen. Gleich werde ich anfangen zu weinen. Man hat viele Schädel und viel Blut hier gefunden, aber ich weiß etwas anderes, als ich die Augen schließe. Hierher sind die schwangeren Frauen gekommen, um zu träumen, um im Traum die Verbindung zwischen den Kindern und den Ahninnen herzustellen.

Auf Malta und Gozzo verschwimmen mir, wie nie zuvor, die Realitäten und Zeiten... Neben dem Tempel ist ein Schießstand. Auf der Insel gegenüber, von der ich weiß, daß etwas dort verborgen ist, liegt ein Nato-Übungsplatz. Schon immer hat sich das Militär die stärksten Kraftplätze für seine Stützpunkte ausgesucht. Ich verbringe die Nacht in der Mnaidra. Am Abend arbeite ich mich Schritt für Schritt hinein, summe, singe. Nebenan wird geschossen.

Ich fühle mich wie ein Stück Metall, das einen sehr starken Magneten spürt. Und ich fühle den Puls der Erde. Noch habe ich nicht das Gefühl eines Austausches. Ich warte.

31. Monolithischer Altar, HAGAR QIM.

Die Steine vibrieren. Jetzt erkenne ich zum ersten Mal, daß Steine sehr lebendig sein können. Wie Schwämme haben sie die Geschichte dieser Insel aufgesogen. Und ich fange an, sie wieder abzutasten. Ich lege mich auf einen Stein in der linken Apsis des alten Tempels. Ein langer Stein. Ich lege mich wie die schlafende Göttin. Schlafend die Geheimnisse sehen. Schlafend das Orakel fragen. Und ich lege mich auf die Erde in der Mitte des Tempels, in Berührung mit dem Puls der Erde. Unter mir scheint sie sich zu wölben, ein alter, warmer Körper an meinem, die Brustspitzen, der Bauch, die Handflächen, die Stirn in Berührung mit einer unwahrscheinlichen Kraft, die mir fast den Atem nimmt. Plötzlich habe ich Angst, einen Herzschlag, einen Atemzug zu vergessen, mitten im Tempel zu erstarren, weil die Kraft zu mächtig ist. Meine Fußflächen, der Rücken, der Nacken sind dem Himmel zugewandt. Es kribbelt. Ich liege zwischen zwei sehr mächtigen Energieströmen. Ich denke an ein Sandwich und muß lachen.

Heute ist der neunte Neumond im Jahr... Heute werde ich mit Genehmigung des Wärters die Nacht im Tempel verbringen... Ich umkreise die Gigantija. Wie vor einem Kampf, denke ich. Dann gehe ich in den Tempel, durch den Geburtskanal hinauf bis zum Allerheiligsten. Im Altar ist ein Loch eingearbeitet. In der Broschüre steht: Opfer-Loch. Blutopfer. Ich kauere mich über das Loch. Mir ist klar, um welches Blut es sich nur gehandelt haben kann. Ich lege mitgebrachte Hibiskusblüten um das Loch herum. Menstruationsloch. Gebärloch. Zum Frühlingsanfang fällt der erste Sonnenstrahl direkt durch den Geburtskanal des Tempels in den Geburtskanal der Frau, die auf dem Altar über dem Loch kauert.

...Plötzlich und unerwartet fängt der Tempel an zu atmen. Wie im Märchen zur Geisterstunde wird alles belebt. Ein Murmeln überall. Viele Stimmen. Während ich hier sitze, fühle ich mich zurückversetzt in eine frühere

Zeit. Es ist wie eine verschwommene Kindheitserinnerung. Und ich sehe ganz genau, welche Steine falsch aufgerichtet wurden. Ich will mich erinnern. Ich stehe auf. Das Geheimnis liegt in der Form. In der Form. Spirale. Punkte. Der Körper einer Frau. Ich gehe die Form des Tempels ab, dicht an der Wand. Und ich entdecke, daß nicht nur der Körper einer Frau in diesem Tempel enthalten ist, sondern

32. Eingang zu einer Kammer, HAGAR QIM.

auch die Mondphasen. Ich laufe in die rechte Apsis, zunehmender Mond, ich laufe in ... Aus dem Rhythmus meiner Schritte, immer den linken Fuß voran, entwickelt sich eine Melodie und dann finde ich hinein und tanze – »Tanzend, nur tanzend werden Sie zu Ihrer Kraft finden«, hatte meine Lehrerin gesagt.

Der Gärtner ist ein älterer Mann. Er lächelt, als er mich sieht. Eigentlich sieht er ein bißchen verrückt aus. Er flüstert mir ins Ohr: alle reden immer von der Sonne, vom Stand der Sonne zum Frühlingsbeginn und von dem Tempel. Aber ich sage Ihnen, Gigantija ist ein Mondtempel, finden Sie nicht? Dann geht er fort, gießt die Blumen, fegt den Weg.

Ich kann mit dem Wind sprechen. Nachts sitze ich in einer Bucht unterhalb der Kalypsos Grotte und rufe den Wind. Wir führen lange Gespräche. Wenn ich die Handflächen hebe und singe, fängt der Wind von allen Seiten an zu rauschen und zu tanzen. Ich tanze für den Wind. Ich bin an der Quelle meiner Kraft.

Erstveröffentlichung: Gesundes Bauen und Wohnen 21/85 *Luisa Francia*

KOSMISCHE FEUERWERKE IN EINEM METEORITENSEE

Deinen heiligen Platz findest du selbst. Daß du ihn selbst findest, zeigt, daß es eine Verbindung zu einer alten Kraft in dir gibt. Wie du ihn findest, kann verschieden sein: du liest von einem Ort und es fährt ein Stromstoß durch deine Seele und du weißt: da muß ich hin. Oder: du kommst bei einem Spaziergang/einer Reise/einer Bergtour oder Ähnlichem an einen Ort, der dich anzieht, ohne daß es dafür eine »vernünftige« Erklärung gibt.

Es gibt auch Hinweise aus Mythen und Märchen: Verwandlungen, versunkene Schätze, magische Orte finden sich besonders gern in der Nähe von Quellen, Höhlen, einsamen Gruben. Hügel, auf die sich ein Weg spiralig aufdreht, sind ebenso Kraft-verdächtig wie Gruben, Senken oder Löcher/auch Seen, die auf Meteor-Einschläge, Vulkane oder eingestürzte Hohlräume deuten.

Die besten Führer zu magischen Orten sind Märchenbücher und Sagen aus den entsprechenden Regionen. Auch Ortsnamen leiten dich oft zu erstaunlichen Kraft-Werken: Teufels..., Höll..., Hel..., Tanz..., Hexen..., Frauen... (neuerdings auch Marien...), Wallfahrtsorte, die mit der Maria oder der Frau Steine oder Pflanzen oder Erscheinungen verbinden, sind Volltreffer.

Ortsnamen mit Drei- deuten alte Mond-Drei-Gestalt-Mythen an. Hügel, auf denen einsame/Wallfahrts-Kirchen stehen, waren in vorchristlicher Zeit nicht selten Kultorte mit Tempeln oder Steinkreisen.

Friedhöfe oder Kirchen, in/bei denen größere Steinbrocken liegen, können auf ihre Energie-Ausstrahlung untersucht werden. Kirchen, die nasse Mauern haben, sind meist über Quellen und damit über alte keltische Kultplätze gebaut.

Orte, an denen sich drei Wege treffen, sind ebenso interessant wie Lichtungen oder Gehölz, wo Bäume grundlos voneinander-weg-gelehnt wachsen. Überhaupt ist es spannend, die Bäume und Pflanzen zu beobachten: manchmal entstehen in Wäldern und lichten Hölzern »Löcher«, kleine Lichtungen, weil alle Gewächse sich fortneigen. Dort gibt es extrem starke Erd/Wasserströmungen, denen die Bäume ausweichen.

Hochplateaus und Berggipfel sind oft starke Kraftplätze. Nicht von ungefähr ist Tibet, auf dem Himalaya-Hochplateau gelegen, heiliges Land, sind die Black Mesa der Hopi heilig und die Breathing Mountains Kultorte.

Wir haben auch in Europa viele phänomenale Kultberge und Hochebenen mit starken Energie-Feldern: Val Camonica in Italien, das tote Gebirge in Österreich, verschiedene Gipfel und Felsen im Schlern und in den Dolomiten, der Untersberg in Salzburg.

Einen Ort, meinen heiligen Platz, will ich beschreiben. Ich werde nicht ganz genau sagen, wo er liegt, aber wer ihn finden will, wird sicher kaum Schwierigkeiten haben, sich durchzufragen.

Vor sieben Jahren biß mich in Italien eine Spinne in die rechte Wange. Dieser Kuß wurde für mich beinahe tödlich, weil zusammen mit dem Spinnensekret DDT in der Wunde festgestellt wurde, das eine böse Entzündung bewirkte.

Ich nahm Antibiotika und versuchte mit neuesten medizinischen Forschungen die Gefahr zu bannen, aber eine Blutvergiftung bahnte sich an und ein roter Strich lief zum Nasenflügel. Jetzt wurde mir empfohlen, mich ins Krankenhaus zu begeben, damit die drohende Lebensgefahr kontrolliert werden könnte. Statt dessen beschloß ich, zu einem See im Tessin zu fahren, von dem ich in einer wissenschaftlichen Zeitschrift gelesen hatte. Es hieß von diesem See, der sich auf einer Ebene in etwa zweitausend Meter Höhe im Tessin in der Nähe von Airolo befindet, daß er durch einen Meteoriteneinschlag entstanden sei und daß dort die seltensten und merkwürdigsten Steine gefunden werden.

Ich kaufte mir eine Wanderkarte von dieser Gegend und beschloß am Ufer des Sees zu sterben. Meine Medikamente hatte ich in München vergessen, und deshalb bekam ich während der Autofahrt plötzlich Panik. Dann wurde ich ganz ruhig, fuhr nach Airolo und fragte herum.

Am nächsten Tag ging ich zum empfohlenen Kraftwerk und fragte, ob ich mit dem Lift den Berg hinauf fahren dürfte. Es gab damals nur einen Transportlift, heute gibt es auch eine Gondel. Ich saß in dem Eisengitterkäfig. Der Erdboden entfernte sich von mir. Der Lift führte an einer steilen Felswand geradewegs steil hinauf. Aussteigen mußte ich aus dem schwankenden Korb, in dem ich ganz alleine saß, mit einem Sprung auf den rettenden Felsen. Es gab eine kleine Schutzhütte, die aber geschlossen war. Heute steht dort ein Berghaus, in dem man sogar von Mai bis September übernachten kann.

Und dann lag der See vor mir: kreisrund, von riesigen Fels- und Quarzbrocken umgeben. Um den See herum ragten Gipfel auf wie eine Krone.

Mein Gesicht war derart angeschwollen, daß ich aus dem rechten Auge gar nicht mehr hinaussehen konnte. Ich stolperte dem Ufer des Sees zu und suchte mir einen Platz zwischen zwei Felsbrocken. Dort breitete ich meinen Schlafsack aus und holte einen Stift aus dem Rucksack: ich zog über der Nasenwurzel, etwa da, wo sich nach Schätzungen der Experten das dritte Auge befindet, einen Strich. Weiter durfte die rote Linie der Blutvergiftung nicht gehen, sonst starb ich. Von diesem Zustand trennte mich etwa ein Zentimeter.

Ich setzte mich mit gekreuzten Beinen auf den Schlafsack und begann zu summen. Dann schlief ich ein. Mein Gesang kam im Traum in vielen Schattierungen zurück, als Windhauch, als Poltern von Steinen, als leises Plätschern des Wassers. Und dann war ich hellwach. Eine schmale wachsende Mondsichel stand am Himmel. Alle meine Sensoren und Antennen dehnten sich weit aus. Ich war ganz allein.

Aber da war eine Verdichtung von Energie spürbar, als befände ich mich in einer Menschenmenge.

Ich streckte die Finger weit nach außen. Die Fingerspitzen begannen zu vibrieren. Zaghaft summte ich einen Ton. War es meine Phantasie, oder warf der See den Ton wirklich in vielen seltsamen Harmonien zurück? Ich wartete. Geh in den See, dachte ich. Aber ich wußte, daß das Wasser eiskalt war. Geh in den See. Ich zog mich aus, stieg ins Wasser, das nach einigen flachen Schritten sofort sehr tief war. Eisige Arme umklammerten mich, und ich hatte das Gefühl, in einer Falle zu sein: allein in einem kosmischen Strudel, der mich direkt ins All werfen würde. Ich schnappte nach Luft, schlug mit den Armen, aber der Griff wurde um so stärker, würgte mich, nahm mir den Atem. Dann ließ ich es mir gefallen und legte mich auf den Rükken, trieb über die Wasserfläche. Mir wurde schlecht vor Angst, weil der See so schwarz und tief war und ich mich immer mehr dem Sog ins All näherte. Alles, was ich je über schwarze Löcher gehört hatte, flog mir durch den Kopf. Es gab eine direkte spürbare Verbindung zwischen dem Inneren des Sees und dem All oder einem Stern, ich konnte es nicht genau lokalisieren. Jedenfalls schwamm ich bereits am Rand dieses Energiefeldes, fühlte mich leicht und dicht zugleich und hatte das Gefühl, gleich abzuheben und zu fliegen.

Ich zwang mich, tief zu atmen und ruhige Schwimmbewegungen zu machen, tauchte immer wieder mit dem Kopf unter und schwamm mit aller Kraft dem Ufer zu, denn ich merkte, wie mein Widerstand gegen dieses kosmische Magnetfeld erlahmte, wie ich immer mehr Lust bekam, einfach darin zu versinken, mich aufzulösen.

Von den Steinen am Ufer blitzte und funkelte mir das Mondlicht zu. Ich stieg aus, trocknete mich ab, zog mich warm an und begann ein Lied zu singen.

Seltsamerweise hatte ich nicht das Bedürfnis, mir ein Feuer zu machen, obwohl es Holz gab und ich Streichhölzer hatte und auch fror. Ich befand mich in einem kristallklaren eis-kühlen Energiefeld, jedes Feuer hätte das zerstört oder aufgelöst. Ich mußte diese klare Kühle spüren, mußte mich auf die Gänsehaut auf meinem Rücken und auf meiner Seele einlassen. Tiefe mächtige Töne kamen aus mir und wurden mir vielfach zurückgeworfen (obwohl es dort – wie ich zu anderen Gelegenheiten feststellte, kaum Echo gibt). Da war ein ständiger Strom von kühlen Funken und Blitzen in der Luft, ein Vibrieren und Sirren.

Gegen Morgen, als das erste graue Licht die Dunkelheit auflöste, schien sich eine Kuppel über diesem seltsamen Ort zu schließen. Ich hüllte mich in meinen Schlafsack und beobachtete die Sonne, wie sie langsam und merkwürdig real auftauchte. Bergsteiger kamen vorbei. Ich hörte sie so nah, als stünden sie neben mir, dabei waren sie noch außer Sichtweite. Ich trank vom Wasser des Sees und hatte sofort das Gefühl, Millionen von Sternstäubchen in mich aufgenommen zu haben. Das Wasser sättigte mich, als hätte ich gefrühstückt. Ich packte meine Sachen und lief einmal um den See herum, wozu ich zwei Stunden brauchte. Dann, an dem Ort, wo ich die Nacht verbracht hatte, legte ich einen Kreis aus Steinen und bedankte mich.

Was das Penicillin nicht fertiggebracht hatte, war in dieser Nacht am See möglich geworden: die Schwellung war so weit zurückgegangen, daß das rechte Auge wieder frei war, und der rote Strich war kaum noch sichtbar.

In der Mitte des Sees schimmerte eine dunkle Stelle. Ich erinnerte mich daran, daß meine Mutter mir als Kind das Jodeln beigebracht hatte, und sang ein Lied aus Jodlern und monotonen Strophen, das mich sehr energetisierte. Später ist es mir nicht gelungen, dieses Lied zu rekonstruieren.

Luisa Francia

GEHEIMNISVOLLE ENERGIEN AM WELTCHAKRA WAWEL-HÜGEL IN KRAKAU

Zur Geomantie in Polen vormals und heute

Auf ein ganz neues Problem stoßen wir bei den Untersuchungen des Wawel-Hügels in Krakau. Bisher kenne ich keine Publikation über die geomantischen Untersuchungen der sog. »Weltchakras«. Der Begriff »Weltchakra« stammt aus der theosophischen Literatur und bedeutet so viel wie: energetisches Zentrum der Erde analog zu den energetischen Zentren des Menschen. Es gibt nach verschiedenen Quellen andere Weltchakras in Allahabad/Indien, Glastonbury, Turin sowie in Irland, Tibet, Ägypten. Gustav Meyrink zählt Prag in seiner Erzählung »Geheimnisvolle Stadt« zu dieser Kategorie von Orten. Theosophen behaupten, daß einige Chakras noch verborgen bleiben sollen. Das Chakra auf dem Wawel-Hügel sei – nach den alten Überlieferungen – vom bekannten Esoteriker Appolonius von Tyana gegründet worden. Apollonius war ein bekannter Magier und griechischer Philosoph des 1. Jh., studierte Geheimnisse der phönizischen Wissenschaft unter Euthydemus. Apollonius wurde von verschiedenen Meistern ins Geheimwissen eingeweiht, u.a. in Ägypten, Babylonien und Indien. Während seiner zahlreichen Reisen besuchte er mehrere Länder, darunter »das Land im Norden« – Polen. Apollonius hat seine Talismane in sieben Chakras der Erde angelegt. Für sein esotherisch-magnetisches Zentrum in Mitteleuropa hat er den Krakauer Kalkhügel, der in der Weichselschleife lag, ausgewählt. Ursprünglich gab es in der 25 m über dem Wasserspiegel erhobenen Wawel-Anhöhe zahlreiche Felsspalten und Höhlen, in denen das Bergen des Talismans möglich war. Andere Quellen verbinden das Waweler Chakra mit der Legende vom Hl. Gral. In einem Buch habe ich auch eine Information gefunden, daß Wawel während einer

Reise von Saint Germain besucht worden sei. Man glaubt auch, daß das Chakra in Krakau für die Überwindung der geistigen Krise der Menschheit bestimmt sei. Es ist interessant in diesem Zusammenhang, daß der Papst Johannes Paul II früher als Bischof des Waweler Doms gewirkt hat und 20 Jahre direkt unter dem Einfluß dieses Ortes stand. Die Existenz dieses Chakras haben während ihres Aufenthaltes in Polen zahlreiche Sensitive und Esoteriker bestätigt. Zu den bekanntesten gehörten vor allem die Theosophen Annie Besant, Chales W. Leadbeater, George Arundale[1] oder Karol Chodkiewicz[2]. Arundale sah über Wawel eine riesige Aura, die das ganze Mitteleuropa beeinflußt.*

Viele polnische esoterische Organisationen berufen sich heute ähnlich wie vor dem Kriege auf das Waweler Chakra. Es gab sogar in den 20er Jahren eine Freimaurerloge, die »Wawel« hieß. Ein Krakauer Reiseführer erzählte mir einst, daß er während eines Besuches der Touristengruppe aus Indien einen Mann in tiefer Meditation bemerkte. Es zeigte sich, daß der Gast aus Indien die starken spirituellen Energien dieses Ortes fühlte und dank der Meditation am Waweler Schloßhof ein wichtiges seelisches Problem lösen möchte. Unter dem Begriff Wawel fällt ein Komplex historischer Bauten, der gotische Dom mit seinen Grabkapellen und aus dem XIII-XIV. Jh. stammenden Königschloß. Auf dem Schloßhof und teilweise unter dem heutigen dritten Dom befinden sich Fundamente zwei früherer romanischer Kirchen und Überreste vorromanischer Rotunden.

---

* Arundale schrieb 1932 in der Theosophical Revue u.a. folgende Worte (ich zitiere im Original): »There exists in Cracow a Spiritual Centre, extablished 2000 years ago by Apollonius of Tyana. It is a kind of geyser from which flows incessantly streams of spiritual forces, never mind if they are used or not. This makes the City even to-day a spiritual Centre which will become in the future the focus of these forces for the whole Central Europe. One feels there a very strong spiritual atmosphere, something like a whirl of invisible currents and a so powerful magnetic aura, that if it is not received and adapted properly and transmuted into creative energy – it rather paralyzes instead to incite to creative effort.«

Nach den durchgeführten Untersuchungen scheint es wirklich, daß der Wawelhügel einer der stärkst bestrahlten Orte Europas ist. Die Forschungen, die ich mit dem hochsensitiven Krakauer Radiästhesisten und Eigentümer des Dienstleistungsbetriebes »Geotronicus« Jan Zych unternommen habe, bestätigen: der Waweler Dom und der östliche Teil des Königschloßhofes besitzen alle Eigenschaften eines Ortes der Kraft (blinde Quelle, Wasseraderkreuzungen in den wichtigsten Stellen der Kirche, Verwerfungen, die das untersuchte Bauwerk umfassen, Kreuzungen der »plus«-polarisierten Diagonal- und Globalgitternetze). Das außergewöhnliche Strahlungsklima herrschte nicht nur im Dom, sondern auch auf dem fast ganzen Wawel-Hügel. Besonders in den östlichen Teilen des Waweler

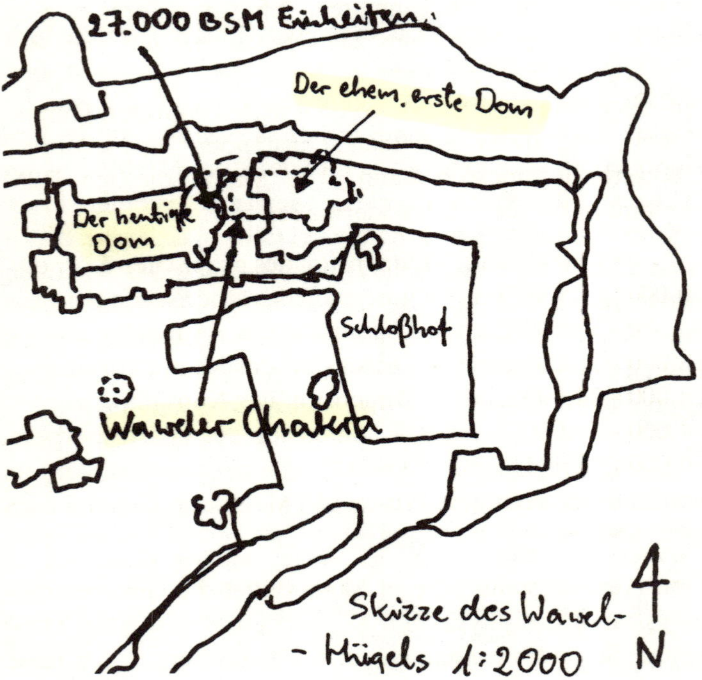

33. Skizze des Wawel-Chakra-Hügels vom Autor.

Doms und auf dem Schloßhof fühlte ich eine seltsame fröhliche fast euphorische Stimmung. Auch die menschliche Aura vergrößerte sich wesentlich hier. Um den genannten Platz werden je ca. 1 - 1,5 zahlreiche Ringe (sie reichten bis zu den Schloßmauern) sowie sternförmige Strahlungen entdeckt. Bei der Untersuchung des Ortes, der zu den energetischen Zentren der Erde gehört, stieß ich auf ein weiteres Problem, nämlich auf die richtigen Messungen der Strahlungsintensität. Die Skala, die Frau Merz in ihrem Buch[3] beschreibt und die ich neben der Warschauer Skala gebraucht habe, erwies sich zu gering, um die höheren Vibrationen zu registrieren. Deswegen habe ich diese Skala erweitert. Ich bestimmte während der zahlreichen Experimente, welche Werte der Skala den einzelnen subtilen Körpern des Menschen entsprechen. Frau Merz hat bewußt bei den 18000 Einheiten (d.h. für die drei niedrigsten Körper des Menschen) die Grenze gezogen, weil weitere Messungen des normalen Menschen sehr schwer fallen. Es gibt jedoch Schwingungen in den weiteren Dimensionen, die unter gewissen Umständen ein sensitiver Radiästhesist messen kann. Die Skala, die ich BSM genannt habe, sieht folgendermaßen aus:

0 - 10.000 Einh. – Dimension des physischen Körpers
10.000 - 13.500 Einh. – Dimension des ätherischen Körpers
13.500 - 18.000 Einh. – Dimension des Astralkörpers
18.000 - 28.000 Einh. – Dimension des Mentalkörpers
28.000 - 34.000 Einh. – Dimension des Kausalkörpers
34.000 - 50.000(?) Einh. – Dimension des Geisteskörpers
50.000 (?) bis Unendlichkeit (?) – Dimension des Körpers von reinem geistigen Wesen ATMA oder Geistmensch nach Steiner.

Den Ausgangspunkt dieser Skala bildet die Gesamtstrahlungsstärke des physischen Körpers eines gesunden Menschen. Sie beträgt nämlich ca. 6.500 Einheiten. Ich habe spezielle Yoga-Übungen bearbeitet, um Messungen in den höheren Dimensionen zu ermöglichen. Sie erwiesen sich besonders behilflich bei den Untersuchungen der östlichen Domkapelle und des linken Chrobry-Schloßhofes, unter denen sich Fundamente der ersten Kirche befinden. Die Strahlungsintensität betrug dort ca. 27.000 Einheiten in der beschriebenen BSM-Skala. Wir dürfen nicht vergessen, daß auch andere Komponenten zum gesamten Strahlungsklima beitragen; es geht um solche Vibrationen wie: geistige Musik und Gesang, Gebete und Meßopfer (die zwei letzten tatsächlich kaum meßbar), Farbenstrahlung sowie formen- und symbolbedingte Schwingungen. Diese am Ende aufgezählten subtilen Vibrationen sollen unbedingt in die Geomantie einbezogen werden, weil sie einen ziemlich starken Einfuß auf Menschen ausüben. In Polen sind sogar zwei spezielle Forschungszweige, Grapho- und Geometronik, gebildet worden, um Einwirkungen verschiedener Zeichen und geometrischer Figuren auf Lebewesen und Pflanzen zu erforschen. Innerhalb der Geometronik

34. Alte Kapelle des 2. Doms, heute im Keller des jetzigen Doms.

werden nicht nur die Auswirkungen von Pyramiden, sondern auch von anderen geometrischen Strukturen auf Mensch und Natur untersucht. Die Graphotronik befaßt sich dagegen mit der Untersuchung der Auswirkung von magischen Zeichen und religiösen Symbolen. Der führende Forscher auf diesem Gebiet, Prof. Jerzy Mazurczak aus der Landwirtschaftlichen Akademie in Warschau, hat nachgewiesen, daß sich der Wuchs verschiedener Pflanzen geometronisch beeinflussen läßt. Ein wichtiges Merkmal dieses Einflusses war mit einem Gerät zur Messung der Chemilumineszenz registrierbare Veränderung der Photonenemission von Pflanzen. Andere polnische Geometroniker, Dr. Bonawentura Kochel und Jan Szymański formulierten anhand ihrer spektrophotochemischen Experimente die Hypothese, daß der wesentliche Wirkungsfaktor im Einfluß von Pyramiden und anderen geometrischen Körpern die Entstehung von Wasserstoffperoxid sei. Die genannten Forschungen polnischer Grapho- und Geometroniker bestätigen die Wichtigkeit der subtilen Vibrationen verschiedener Formen und Zeichen für die Geomantie. Entsprechende architektonische Formen (darunter Ornamentierung, Gemälde, Skulpturen usw.) an Orten der Kraft verstärken mit ihren Schwingungen das gesamte Strahlungsklima der alten Bauwerke. Es ist interessant, daß die meisten Symbole und Formen (z.B. Labyrinthe und Hufeisenform), die in der Geomantie gebraucht werden, wissenschaftlich meßbare grapho- und geometronische Auswirkungen besitzen. Nehmen wir zum Beispiel die erwähnte Hufeisenform. Der südliche Teil des Krakauer Stadtzentrums, darunter der Wawelhügel und der alte Stadtteil Kazimierz liegen vom Hufeisen, das vom Fluß (Weichsel) gebildet wird, umgeben. In der chinesischen Geomantie galt dies als günstiger Platz, wo sich die kostbare Lebensenergie Ch'i ansammelt. Im alten Waweler Dom fand ich auch u.a. ein altes, stark strahlendes Ziermotiv aus dem XI. Jh., nämlich eine Art des sog. »Unendlichkeitsknotens« (nach anderen Quellen auch ein Schlangenmotiv). Das Motiv war das Schmuckelement der Kirchensäulen. Es ist auf jeden Fall ein stark strahlendes europäisches Yantra und Meditationsbild. Die Verbreitung der Vibrationen dieses Ortes wird während der wichtigen kirchlichen Feste durch die im Domturm hängende größte Glocke Polens möglich. Die Glocke stammt vom Jahre 1520, ist 300 kg schwer bei einem Umfang von etwa 8 m. Der Klang dieser Glocke verbreitet spirituelle Schwingungen des Waweler Chakras auf große Entfernungen ringsum von Krakau. Mein Bekannter aus Toruń, Theosoph Jerzy Znamirowski, hatte beim Hören dieser Glocke tiefe mystische Erlebnisse, die ihm beim Besteigen des Waweler Hügels zuteil wurden. Der Legende nach soll der herrliche, tiefe und weittragende Klang der Domglocke die Wolken teilen und den Menschen Glück bringen.

Außer dem genannten Unendlichkeitsknoten sind in Wawel viele andere geomantische Schutzmotive zu finden.

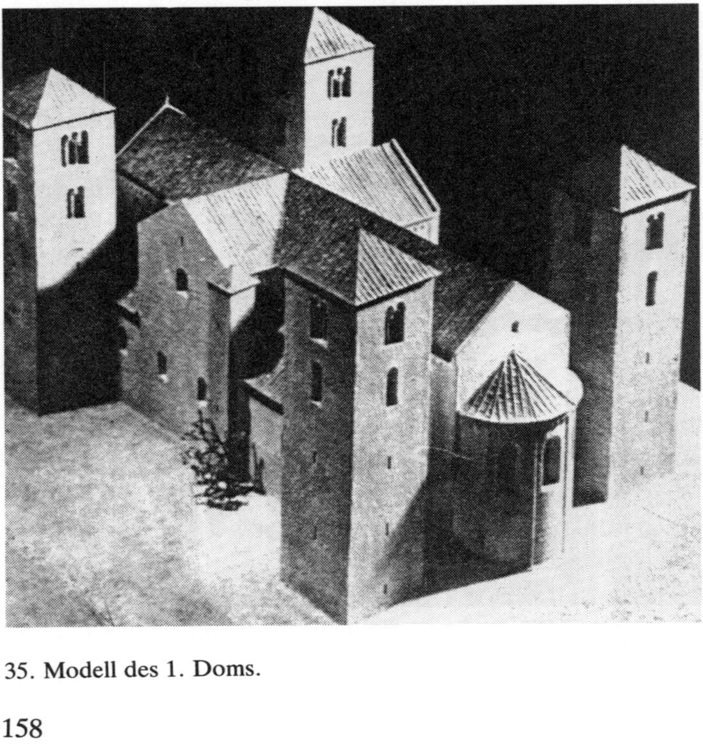

35. Modell des 1. Doms.

Ich denke zum Beispiel an Dachrinnen in Form von Drachen. Ich habe einmal ein Gewitter auf dem Waweler Schloßhof erlebt. Das aus den Drachenschlünden aus einer großen Höhe auf den Hofboden fallende Wasser hinterläßt einen unvergeßlichen Eindruck. Ebenso interessante und außergewöhnliche Gegenstände hängen neben dem Hauptportal des Doms. Es sind riesige Knochen, die aus der Eiszeit stammen. Ein Mammutschienbein, eine Walrippe und der Schädel eines Wollnashorns. Diese Gegenstände konnten wohl früher eine rituale Funktion ausüben. Sie symbolisieren höchstwahrscheinlich Torhüter und schützen die Krakauer Kathedrale vor bösen Einflüssen. Ähnliche Bedeutung hatten in den alten romanischen Kirchen Steinlöwen. Die Strahlung sowohl der Waweler Knochen als auch der Steinlöwen (solche untersuchte ich in Plock) ist negativ, was die »bösen« Mächte abschrecken sollte. Knochen am Domeingang sind aber auch ein geo-

36. Unendlichkeitsknoten – strahlendes Ziermotiv einer Säule des 1. Doms.

mantischer Reflektor, der gerichtete Energien ablenkt. Der Legende zufolge wird die Kathedrale bestehen, solange die Knochen an dieser Stelle hängen.

Die von Generation zu Generation überlieferten Sagen und Legenden, von Chronisten, Schriftstellern und Poeten aufgezeichnet, spinnen phantastische Geschichten um die Wawel-Höhe. Die bekannteste Legende besitzt deutlich geomantische Züge. Sie handelt nämlich von einem Drachen, d.h. einem geomantischen Symbol für einen Ort der Kraft. Der Drache ist gleichzeitig ein Einweihungssymbol. Laut der Legende hauste in den Höhlen des Wawel-Hügels ein großer Drache, dem man Nahrung liefern mußte, sonst stürzte er sich auf Menschen. Der slawische Fürst Krakus, ein Gefolgsmann Alexander des Großen, befahl seinen Söhnen Krak und Lech, den Drachen zu töten. Sie griffen zur List. Anstatt der Tieropfer brachten sie ihm einige mit brennendem Schwefel und Teer gefüllte Tierfelle, die der Drache verschlang, so daß er verendete. Nach der Drachentötung entwickelte sich die Stadt sehr schnell, und schon im jahre 1028 zählte sie über 14.000 Einwohner. Die Tötung des Waweler Drachen kann als eine allegorische Darstellung der geistigen Einweihung der ersten Herrscher von Wawel verstanden werden. Der Sitz des legendenhaften Drachen ist die Drachenhöhle, die im Westhang des Wawelhügels liegt. Die Drachenhöhle ist eine geräumige Grotte aus Jurakalkstein. Im Mittelalter befand sich hier ein Gasthaus für Fischer und Flößer. Vor der Höhle steht ein Drachendenkmal, das Feuer ausspeit. Heute ist die Untersuchung in der Höhle wegen der Konservierungsarbeiten unmöglich. Wir konnten jedoch mit Jan Zych ihre Umgebung genau untersuchen. Es wurden mehrere Ringe festgestellt. Sie deckten sich mit der Treppe zur Höhle und traten im Abstand von 1 - 1,2 m voneinander auf. An allen zwei Treppen wurden Strahlungen in verschiedenen Farbenbereichen entdeckt. Zuerst im blauen, dann weißen, roten, violetten, orangen und gelben (bei dem Eingang).

In Krakau befinden sich auch zwei interessante Anhöhen. Beide gelten als Grabmäler des Gründers von Krakau – Krakus und seiner Tochter Wanda. Wanda und Krakus-Hügel besitzen ebenso Eigenschaften der Orte der Kraft. Und sie sind nicht nur miteinander, sondern auch mit Wawel durch Energielinien verbunden.

In Krakau habe ich auch zwei andere sehr starke Leys entdeckt. Eine läuft nach Nord-Westen über Tschenstochau (hier befindet sich das weltbekannte Wunderbild der schwarzen Madonna) weiter über Gniezno (der beschriebene Dom und ua. Kirche der Wächter des Hl. Grabes) und zuletzt über Bornholm nach Schweden. In südlicher Richtung verläuft dagegen diese starke Energielinie über Deva in Rumänien (Deva in Sanskrit bedeutet Gottesname), Stara Zagora (Thraker Kultzentrum in Bulgarien), weiter nach Istanbul (ehemaliges Zentrum von Byzanz) und endlich nach Jerusalem (!). Die zweite Ley-Linie läuft nach Nord-Osten über Sandomierz (mittelalterlicher Dom und zwei bekannte alte Kirchen) nach Rußland. In der südwestlichen Richtung dagegen über Wadowice (Geburtsort des Papstes Johannes Paul II.), Mariazell in Österreich (bekannte Magma Mater Statue), weiter über Verona in Italien gelingt sie nach Spanien. Es ist wohl kein Zufall, daß die energetischen Linien diese und nicht andere Kultstätten verbinden.

Eine wichtige archäologische Fundstätte, wo wir Informationen über Geomantie der uralten Slawen finden können, ist Biskupin. Es liegt 50 km südlich von Bydgoszcz (Bromberg). Die in den 30er Jahren ausgegrabene Siedlung besteht aus mehr als 100 Holzhäusern in 13 Reihen längs der 11 Straßen und liegt auf der ehemaligen Insel. Die Siedlung stammt aus dem VI.-V. Jh. v. Chr. Als Fußboden dienten Holzbohlen und als Isolierschicht Lehm und Birkenäste. Zusätzlich brachte man vor dem Baubeginn das sog. Gründungsopfer. Die genannten Baumaterialien und tierisches Eiweiß und Blut aus dem heidnischen Ritual schützten die damaligen Hausbewohner vor schädlicher

Strahlung. Die 200 m lange und 160 m breite Wehrburg war von über 1000 Menschen bewohnt. Die Siedlung der alten Slawen wurde auf einer Insel angelegt und weist einen 462 m langen, 3 m breiten und 5-6 m hohen Ringwall auf. Der Zugang zum Burgtor führte über eine 120 m lange Holzbrücke. Die Siedlung in Biskupin ist heute teilweise unberührt und teilweise rekonstruiert erhalten und bildet ein Museum der vorzeitlichen Geschichte. Radiästhetische Untersuchungen zeigen, daß Geomantie auch den alten Slawen vor 2.500 Jahren bekannt war. Die Häuser der alten Slawen in Biskupin waren vor allem nach dem Globalgitternetz ausgerichtet. Durch die Mitte jeder Haustür verläuft ein »plus«-polarisierter Globalgitternetzstreifen. In den Hütten befanden sich mit gepolten Steinen belegte offene Feuerstellen, die ebenso nach den Globalgitternetzen orientiert wurden. Die Siedlungsstraßen entlang spürte ich über 1 m breite Energiezonen, die sich jedoch nicht mit den Straßen deckten, sondern teilweise unter den Häusern verliefen. Sind diese regelmäßigen Strahlungszonen im Laufe der 25 Jahrhunderte verschoben worden oder übten sie eine Rolle, die wir heute nicht mehr im Stande sind zu enträtseln?

Bei den Untersuchungen der vorzeitlichen Kultstätten entstehen immer wieder neue Fragen und Probleme, die heutzutage noch nicht gelöst werden können. Geheimnisvoll ist auch die Tatsache, daß der Stamm, der hier wohnte, aus unbekannten Gründen seine Wehrburg verlassen hat. Archäologen haben dabei die Möglichkeit ausgeschlossen, daß die Ursache davon in einem Krieg, einem Brand oder einer Katastrophe anderer Art lag. In der Nähe von Biskupin befinden sich auch ähnliche, aber nicht so gut erhaltene Baudenkmäler der vorzeitlichen Architektur. Interessant sind ebenso geomantische Schutzzeichen der alten Slawen, die auf Gefäßen, Graburnen, Broschen, Ketten, Pfeilspitzen und verschiedenen Kultgegenständen zu finden sind. Es überwiegen Solarmotive (Sonnensymbole), geometrische Zeichen, gefaltete Bänder, Flechtmuster, Knoten, Ketten usw., die schädliche Energien reflektieren bzw. günstige Vibrationen ansammeln sollen. Flüssigkeit, die in den Gefäßen, die die graphotronisch günstigen Ziermotive besitzen, aufbewahrt war, wurde energetisch aufgeladen, was nicht nur mit Hilfe der radiästhetischen Methoden, sondern auch durch Untersuchungen der heutigen Grapho- und Geometroniker bewiesen werden kann.

In der polnischen Mythologie entdeckte ich ebenso einige symbolische Gestalten, die mit der Geomantie verbunden sind. Ich nenne einige Beispiele: Domownik (guter Hausgeist), Pioruniec oder Borowit (Herr der Macht, eine Gottheit mit 5 Gesichtern), Pogoda (Gottheit der guten Luft), Swarog (gemeinslawische Gottheit des Himmelsfeuers), Uboze (Hausgeist), Zywie (Gottheit des Lebens oder Lebensgeist, der in gewissem Sinne als chinesisches Ch'i verstanden sein kann) und Zmij (slawische Entsprechung des Drachen. Eine andere Gestalt des Drachen war Bazyliszek, Schatzhüter des Warschauer Altmarktes.

Obwohl bei den alten Slawen der Kult der Großsteine bekannt war, hatte der Kult der heiligen B äume eine ebenso große Bedeutung. Es gibt noch heute in Polen einige solcher alten Kultbäume. Zu den bekanntesten gehören: Eiche »Bartek« in der Nähe von Kielce, ca. 1200 Jahre alt, 27 m hoch, mit einem Stammumfang von 9 m, alter Eichenpark in Rogalin bei Posen, vielleicht ursprünglich ein heiliger Hain, sowie Eiche »Jagiello« im Bialowieza-Urwaldgebiet. Die meisten heiligen Bäume waren an einem geomantisch günstigen Ort gepflanzt. Als Kultbäume wählten die alten Slawen besonders Eichen, Linden und Holunderbäume. Der polnische Stamm Planen glaubte z.B., daß der Mensch geheilt werden kann, wenn er durch einen gesplitterten Baum (besonders Eiche) durchgeht. In Bialystok (Nordosten Polens), wo der Verfasser dieses Berichtes wohnt, wurden einst auf der geomantischen Zone zwischen der Hl. Roch-Kirche und Bialostoker Kathedrale Linden gepflanzt (die Straße heißt übrigens Linden-Straße).

In Polen sind auch andere geomantische Energielinien zu finden. Zu solchen gehören: Energielinien der Tataren, die Polen mehrmals überfallen haben. Geomantische Zonen der Tataren verlaufen nach Osten und Süden, von der östlichen Grenze nach Sandomierz und Legnica und von Lublin über Krakau nach Ungarn. Tartaren bauten schon im XIII. Jh. in Polen alle ca. 10 km Kurhanen, d.h. eine Art Grabhügel, die eine starke Richtstrahlung emmitierten und wohl auch als Wegweiser für tartarische Truppen dienten. Die strahlenden Kurhanen konnten auch als ein radiästhetischer Telegraf gebraucht werden. Die Strahlungslinien der Kurhanen markierten den Weg zum nächsten Tartarenlager. Die in den Kurhanen entstehende Strahlung kann auf große Entfernungen geschickt und mit einem Pendel oder mental empfangen werden.

Die ältesten Straßenerbauer in Polen berücksichtigten auch im großen Ausmaß geomantische Strahlungen verschiedener Art. Ein charakteristisches Merkmal der polnischen Landschaft sind noch heute kleine Kapellen, Kreuze und Säulen, die an Wegen und Straßenkreuzungen zu beobachten sind. Sie stehen oft an den Wasseraderkreuzungen und markieren Energielinien im Gelände. In den polnischen Dörfern sind ebenso zahlreiche geomantische Schutzzeichen zu finden. Das betrifft besonders Ziermotive der alten Häuser, Scheunen und Zäune. Man trifft oft im ganzen Polen an den Holztüren der alten Dorfhäuser ein ausgeschnittenes Schutzmotiv, das ich ebenfalls in dem Buch des englischen Radionikers Dr. A. Westlake »The Pattern of Health«[4] als Heilmuster gefunden habe. Es ist eine Art stilisierter Rhombus, der eine hohe Strahlungskraft besitzt.

Stanislaw Wańkowicz, polnischer Rutengänger aus Gdańsk (Danzig), der alte Kultstätten im Norden Polens untersuchte, entdeckte eine interessante geomantische Regel. Der Abschirmbereich um die von ihm untersuchten Kirchen beträgt je nach der Wichtigkeit der sakralen Bauten: bis 150 m für Kathedralen, bis 100 m für Basiliken und bis einige Meter für Pfarrkirchen. Wańkowicz untersuchte auch, welche Farben die Strahlung während des Gottesdienstes hat. Die weiße Strahlung, die Gottes Gnade symbolisiert, war nach ihm 4mal während der Messe meßbar, nämlich während des Evangeliumslesens, des Credos, der Transsubstantiation und der Kommunion. Statt der astronomischen Steinkreise waren bei alten Polen Kreise aus Holzpfählen bekannt. Sie treten noch heute in Skordjów, Ksewerowo und Turki auf. In der uralten polnischen Tra-

dition war die Sommersonnenwende am 24. Juni ein wichtiges Fest. Zur Bestimmung dieses Festes wurden eben die genannten Holzpfahlkreise gebraucht. Holzpfähle wurden in den Boden eingeschlagen, um die Beobachtung der Sonnenauf- und untergänge zu erleichtern. Anhand der Position der Sonne den Pfählen gegenüber bestimmte man die Daten aller Feste. Man brannte dann an dem so bestimmten Sonnenwendtag Feuer ab, um die Macht des Himmelsfeuers zu verstärken.

Geomantie in Polen wird wohl immer mehr lebendig und findet bald eine breite Anwendung in der Praxis. Es wird heute in diesem Land an fast 700 Kirchen gebaut und 500 weitere sind bis zum Jahr 2000 geplant. Dazu sind etwa ein Zehntel der polnischen Radiästhesisten Geistliche, die bei der Suche nach den optimalen Strahlungsfeldern für die errichteten Kirchen behilflich sein können. Entwicklung der Geomantie ermöglicht dem Menschen an der Schwelle des XXI. Jhs. die Wiederentdeckung des längst vergessenen Wissens der alten Baumeister und Architekten, Wissen, das uns neue Wege des Bauens und des harmonischen Lebens aufweist. Geomantie gibt ebenso Impulse dem heutigen Denkmalschutz, indem sie den ganzheitlichen interdisziplinären Blick auf die Konservierung, Restaurierung und Rekonstruierung der alten Baudenkmäler ermöglicht. Geniale Kenntnisse und Regeln, die wir dank der Wissenschaft der Geomantie wiederentdecken, verbinden unser technisches Denken mit den intuitiven Erfahrungen unserer Urahnen, die in einer engen Einheit mit der Natur und dem Kosmos leben. Geomantie wird wohl eine wichtige Rolle im Leben des Menschen der New Age Zeit spielen.

An dieser Stelle möchte ich den Geomanten Dr. Bruno Fricke, Architekt Matthias Mettler und Frau Blanche Merz für Inspiration, Ratschläge sowie geistige Unterstützung während meiner Forschungen danken.

Leszek Matela

Literatur:

1 G. Arundale, Wawel Spiritual Centre, Theosophical Revue, Warsaw, 1932
2 K. Chodkiewicz, Cracow Occult Centre, London, 1966
3 B. Merz, Orte der Kraft, Chardonne, 1984
4 A. Westlake, The Pattern of Health, London, 1973
Werke von Leszek Matela:
- Moderne Pyramidologie in Polen, W-B-M, 18, 1985
- Yoga-Übungen für Radiästheten, RGS, 1986 (im Druck)
- Polnische Radiästhesisten auf der Suche nach den geheimnisvollen Energien, Portraits, 24, 1985
- Orte der Kraft in Polen, Esotera, 12, 1985
- Kultstätten im Einklang mit positiven Energieströmen, ZfR, 3, 1985
- Die radiästhetischen Untersuchungen der alten Kultstätte in Polen, Para-Blatt für Übersinnliches, 20, 1985
- Radiästhesie und Denkmalschutz, 1986 (im Druck) RGS

GAU: GEMEINSAM ANGST UMWANDELN

Regenwolken an einem Dienstag im April, vier Tage nach Tschernobyl. Sie sehen vollkommen vertraut aus – und verändern alles. Mit diesem Regen kommt auch über unsere Gegend radioaktives Jod – von Strontium, Cäsium usw. haben wir überhaupt noch nie was gehört. Von einem Moment auf den anderen sollen wir unseren Kindern klarmachen können, daß ab heute das Gegenteil aller bekannten Wahrheiten gilt: Frische Luft ist nun giftig, die gesunde Milch schädlich, phantasievolle Sandkastenspiele streng untersagt. Sollen ihnen das alles einleuchtend nahebringen können, ohne ihnen Angst zu machen, ohne ihnen das Vertrauen in die Zukunft der Welt zu nehmen, in die sie gerade hineinwachsen.

Ohne Angst? Wir stecken doch selber voller Angst, alle Menschen, die unter diesen Wolken wach genug geblieben sind, sich nicht nur auf die offiziellen Nachrichten voller Fremdwörter, unterschiedlichster Meßtechniken und verwirrender Informationsdefizite zu verlassen. Wir Erwachsene teilen unsere Angst mit Freunden, tauschen Wissen und Wissensquellen aus, beratschlagen.

Die Angst wird dadurch nicht geringer, zeigt sich in so vielen unterschiedlichen Formen, daß wir anfangs fast das Gefühl haben, uns auch noch gegenseitig zu verunsichern. Zeigt sich aber auch in so unterschiedlichen Formen, daß wir nach einer Weile spüren, wie wir einander, untereinander, miteinander, helfen können. Helfen können, die spezifische Angst eines jeden Einzelnen, diese Gefühle von Ohnmacht, Ausgeliefertsein, Hilflosigkeit und Passivität, langsam so klar zu definieren, daß sich die Angst in Sorge umwandeln kann: In eine Möglichkeit der aktiven Auseinandersetzung. Mit der Tatsache, daß wir, daß unsere Kinder, die nächsten 30 oder mehr Jahre mit den Folgen dieses

Gau werden leben müssen – und der Frage, ob der nächste verhindert werden kann.

Auseinanderstzungen also auch mit unseren eigenen politischen Handlungen, mit der Passivität, in die wir während der Siebziger verfallen sind. Unsere Kinder sollen uns nicht als wehrlose Opfer unserer eigenen Gesellschaft sehen. Sie sollen lernen, daß Engagement und Handeln nie umsonst sind. Sie sollen erleben, daß sie und ihre Eltern nicht allein sind mit ihren vielen Fragen, daß diese neuen Bande der gemeinsamen Sorge ihre kleine Familie um ein Vielfaches vergrößert hat.

In diesen Tagen geht mir dauernd der Refrain eines Kinderliedes durch den Kopf: Einer ist keiner, zwei sind mehr als einer, sind wir aber erst zu dritt, machen auch die andern mit...

Aber politisches Handeln ist nur die eine Seite der endlich erkannten Verantwortung. Die andere ist schneller zu realisieren – und macht noch dazu viel Spaß: wozu sind wir denn in den Jahren der politischen Trägheit wenigstens auf einem anderen Gebiet aktiv gewesen? Wie können wir jetzt mit dem Wissen arbeiten, das uns die vielen Gruppen und Workshops, die Therapeuten und Schamanen mit auf den Weg gegeben haben? Wir können uns von innen heraus schützen, uns reinigen, die eigenen heilenden Kräfte für uns selbst und andere einsetzen – und für diese von den Menschen geschundene Erde.

So ziehen wir am ersten sonnigen Morgen »danach« an einen schönen Platz zwischen Wald und Wiese. Dort wird ein kindergemäßes Ritual improvisiert. Wir pflücken Blumen, sammeln Steine, schmücken damit die Sachen, die die Kinder als Opfer mitgebracht haben, wir machen Musik und singen – und bitten die Elemente um Nachsicht mit diesem Planeten, um Kraft im Zusammenspiel von Mensch und Natur, um neue Ideen und Lösungsmöglichkeiten für diese scheinbar ausweglose Konfrontation.

Dieses Ritual gibt uns allen viel Kraft, Männern, Frauen und Kindern. Kraft und die Gewißheit, daß wir gemeinsam unsere Angst umwandeln können, werden und müssen. Nur dann werden wir genug persönliche Energie haben, die notwendigen Umwandlungen zu erspüren, zuzulassen und aktiv zu beeinflussen.

Angela Roethe

TRULLI

Quadrat und Kuppel als symbolische Vereinigung von Erde und Himmel

FÜR BERNHARD

»Deine Todesstunde soll die Stunde sein deiner Geburt...«

Es war Abend geworden. Eine große, bleigraue Wolkenwand stand hoch im Osten, auf der die Sonne einen vollkommenen Regenbogen zeichnete.

Überall ringsum und auf dem Kies vor dem Haus glitzerten Tropfen und erfüllten die gereinigte Luft mit ihrem Glanz. Noch leuchteten Blicke auf am Horizont. Das ferne Donnergrollen versank in der sich ausbreitenden Nacht, die sich in feierlicher Stille vom Himmel herabsenkte.

Erwartungsvoll trat ich durch die niedrige Tür über die Schwelle des Hauses. Mein Blick war sofort gefesselt und glitt im Licht der flackernden Kerze langsam an den weiß gekalkten Wänden hinauf in das sich nach oben verjüngende Gewölbe: über einem quadratischen Raum war es über ihn gestülpt wie eine Glocke. Dort, wo sich Kubus und Kuppel berührten, lagen die sich überschneidenden Linien frei, so daß der Wohnraum in seiner Mitte einen fühlbaren Schwerpunkt erhielt.

Ich schritt weiter hinein in den Raum und setzte mich dann auf einen kleinen Schemel, der auf drei etwas ungleichen Beinen in der Ecke stand. Beim genaueren Hinsehen glich das Gewölbe einem Ei, wodurch seine wirkliche Höhe im Wölbungsgipfel perspektivisch gesteigert schien.

Eine gewölbte Kuppel, Abbild des Himmels als Urraum, über einem Kubus, dem Sinnbild unserer Welt. Ich blickte durch die geöffnete Türe hinaus – die bewegten Umrisse des Tages waren eingebettet in dunkle Nacht, nur das Ohr vernahm das Zirpen der Grillen von ferne. Meine Augen schweiften wieder zurück in den Raum.

Die Mauern der Trulli sind aus großen behauenen Feldsteinen gefügt, auch die Dachziegel sind flache Feldsteine, schuppenförmig ineinander gelegt. Im Inneren geben die kleinen viereckigen tiefen Fenster das Gefühl von Geborgenheit, von Intimität, von außen atmet die kleine Festung stille Abgeschiedenheit.

Über der rechteckigen Tür wölbt sich ein Rundbogen, den Lauf der Sonne von Auf- und Niedergang nachzeichnend, dazwischen ist oft eine kleine Nische, eingelassen als Wohnraum des Schutzheiligen, das Oben und Unten für den Menschen verbindend.

In der mich umgebenden Stille sah ich nun wieder die Landschaftsbilder der apulischen sanft gewölbten Hochebene aufsteigen, die Streusiedlungen der Trullis zwischen Weingärten und Ölbäumen. Im gleißenden Licht machen diese Behausungen den Eindruck von massiven Steinzelten, Heerlager einer großen Pilgerschar. Die Spitzen der Runddächer zeichnet über den graußen Steinplatten ein weiß angestrichener steinerner Kelch, über dem eine weiße Kugel thront. Durch einen kleinen Sockel sitzt sie über dem Kelchrand auf, sodaß es scheint, als schwebe sie über dem Kelchrand.

Die Mauer, an der ich lehnte, durchdrang mich kühl und meine Gedanken kehrten wieder in den Raum zurück, den ich betreten hatte. Quadrat und Kuppel als symbolische Vereinigung von Erde und Himmel, gestaltet nach menschlichem Maß zum Wohnraum und doch sakrales Kleinod durch diese Verbindung ältester Symbole.

Und es offenbarte sich vor meinem inneren Auge, daß hier die Suche und das Wissen um den Gral sich verbunden hatte mit den Erkenntnissen der Templer an den Ruinen des Tempels Salomons und der Grabstätte Christi, das sie zu vereinen wußten als die Weisheit des Orients mit dem geistigen Erbe des Nordens.

Mittler für diese innere Schau waren die Verbindungslinien von Kubus und Kuppel: wo diese sich mit einander verbinden, um sich im Schlußstein des Gewölbes zu treffen, entsteht das Diagonal- oder Andreaskreuz. Die Himmelsmitte ist zugleich Zentrum des irdischen Raums und Schwerpunkt des Gebäudes. Diese Diagonalachsen als Kreuz verweisen über das Firmament hinaus auf die rotierende Bahn der Sterne, auf die Dimension menschlicher Erlösung aus der Zeit .

Orthodoxe Ikonen verweisen aber auch auf die Dimension der Erlösung aus der Tiefe: die Diagonalen des Kreuzes zeigen in ihrer Verlängerung auf die Erdmitte. Christus steht auf diesem Kreuz als den gesprengten Türflügeln der Hadespforte, dem umgeworfenen statischen Todeskreuz auf Golgatha, die Urahnen der Menschheit Adam und Eva zu sich in die lichtvolle Mitte ziehend, hin zur Auferstehung aus Raum und Zeit.

Die Todesstunde soll sein die Stunde deiner Geburt zum ewigen Leben. Im Mikrokosmos des Trullo ist das Grabmal Wohnraum, errichtet für den auf den Eingang in die ewige Wohnung im Makrokosmos Wartenden.

Außen, über der unsichtbaren Mittelachse des Innenraums, gleichermaßen als dessen sichtbare Verlängerung, erhebt sich auf der Dachspitze des Trullos als Sakralraum

der Kelch und die Hostie als Symbol des Leibes Christi, Symbol auch für die Erneuerung der Seele durch die Teilnahme am mystischen Opfertod, als Gralssymbol den Weg der Wandlung weisend.

Steingewordene Zelte der Pilger zum Grab Christi in einer Landschaft, von wo aus einst die Schiffe der Templer übersetzten ins Heilige Land. Diese Zeugnisse baulichen Meisterwissens fanden ihre erhabene Entsprechung und Vervollkommnung in den Bauwerken nordeuropäischer Kathedralen.

Stimmen dringen an mein Ohr, herbeigetragen von einer aufgekommenen Brise. Schon sind sie wieder verklungen, und ich bin allein mit dem fast verloschenen Licht der Kerze. Langsam senkt sich das Gewölbe zu mir herab...

Das Trullo lädt ein, in die Mitte des Raumes eine runde Tafel zu stellen, um so den Himmel auf die Erde zu tragen, wie es uns die Artuslegende berichtet... die Quadratur des Kreises... getragen von der Sehnsucht nach menschlicher Gemeinschaft, verbunden durch den einigenden Geist zwischen Himmel und Erde... ihm lebendigen Raum gebend.

Ich fühlte eine feuchte Kälte meine Glieder lähmen. Die Kerze war erloschen. Von außen erreichte mich ein matter Lichtschein. Tastend erreichte ich die niedrige Tür und trat auf den Vorplatz hinaus. Der Wind hatte sich gelegt, die Luft war süß und frisch. Über mir wölbte sich ein funkelnder, klarer Himmel von unendlicher Tiefe.

Maria-Gabriele Wosien

WEITERE MEDIENXPERIMENTE

Luisa Francia

WARTEN AUF BLAUE WUNDER

Der Grüne Zweig 151

„Du wirst noch deine blauen Wunder erleben, sagte meine Großmutter, und das war natürlich drohend gemeint. Aber ich hatte immer schon ein erotisches Verhältnis zu Sprache, zu Wörtern, und es gibt für mich keine größere Verheißung als DAS BLAUE WUNDER. Auf dem Weg zum Blauen Wunder lernte ich schreiben, zuhören, lesen, zaubern, weinen, lachen..." *(Luisa Francia)*
Dieses Buch vereint die besten Reportagen, Portraits, Essays und Geschichten Luisa Francias, die zum Teil schon in TRANSATLANTIK, ESOTERA, der TAZ und anderswo erschienen sind, zum Großteil jedoch bislang unveröffentlicht waren, u.a.

- Hexen ist keine Hexerei
- Das Orakel von Benin
- Afrikanische Märkte
- Das Fremde wahr nehmen
- Der Wald schweigt nicht mehr – er geht
- Zauberhaft geschmückt
- Portraits von Susanne Wenger, Herbert Achternbusch, Isabelle Eberhardt und Jim Morrison
- Angenommen, es käme eine Fee

Natürlich auf Hanfpapier gedruckt
192 Seiten, 20 DM/21 SFR/180 ÖS
ISBN 3-925817-51-4

Werner Pieper Hrsg.

WILLKOMMEN!

Das Handbuch für multikulturelle Gastfreundschaft
Der Grüne Zweig 166

„Ist es aber nicht seltsam, daß wir oft von den Urlaubsländern unserer Ausländer schwärmen, auf der anderen Seite jedoch deren Existenz im eigenen Land, ein paar Häuser weiter, zu ignorieren?" *(Haris Katsoulis)*

Die meisten von uns müssen ihre Ignoranz zugeben, wenn es um das Wissen des Brauchtums, der Sitten, Gewohnheiten und Tabus bei uns wohnender Ausländer geht. Ihre Kultur bleibt uns meist verschlossen. Wie können wir Verständnis für ihr manchmal von unserem Verhalten „abweichendes" Leben aufbringen, wenn wir nichts über die Hintergründe wissen? Diesem Informationsdefizit soll das Buch abhelfen:

- Berichte lebendiger Gastfreundschaft aus aller Welt
- Kein Rezeptbuch mit Standardlösungen von A–Z, sondern Fakten und Erfahrungen
- Versuche des Verstehens & der Sensibilisierung

216 Seiten in Format 20 cm²
25 DM/26 SFR/230 ÖS
ISBN 3-925817-66-2

Helmut Salzinger

OHNE MENSCHEN

Erzählungen einer Landschaft
Der Grüne Zweig 126

„... Allerdings handelt es sich bei diesen Texten weder um Naturlyrik im herkömmlichen Sinn noch um Geschichten, in denen es um Naturerlebnisse geht. Fern von Öko-Kitsch und romantischen Geborgenheitsgefühlen im Natürlichen artikuliert sich ein kühler, deskriptiver Lakonismus ... Wenn der Untertitel der Prosa ‚Erzählungen einer Landschaft' heißt, so ist damit angedeutet, daß hier die Dinge gewissermaßen aus sich selbst sprechen sollen. Dennoch gibt es in diesen Texten ein ordnendes Ich, in dem sich die Wahrnehmung bündelt. Variationen eines Themas: Wie läßt sich Natur beschreiben, ohne in dieser Beschreibung über sie herrschen zu wollen?" *(K. Modick, DIE ZEIT)*

120 Seiten, 15 DM/16 SFR/135 ÖS
ISBN 3-925817-26-3